川走琴不出来的

情書　　摯愛之逝 與 人生再探

大潘───著

目錄 ———————————————————————

自序

　　一起生活了十七年半的男朋友，在二○一一年三月九日忽然離世，我的世界因此崩潰。因為事發突然，我完全沒有一丁點心理準備，當時唯一的反應就是哭，地裂天崩式的痛哭。

　　十七年半的相處，說長不長，說短也不短。我們本來打算就這樣地老天荒的過一輩子，連退休後要怎麼過日子都準備好了。

　　同性戀伴侶相處的環境跟異性戀是有差異的。因為多了一份來自社會的壓力，能夠走到一塊不容易，真的走得下去的，就必須有面對社會壓力的勇氣。

　　因為我們真的相愛，而且是在很困難的情況下走到一塊，所以很珍惜在一起的日子。就這樣走著走著，在完全沒有徵兆之下，忽然就走到了盡頭。痛，是可想而知。

　　朋友們一直希望我把我們的故事寫下來，覺得它可以是往後同志愛情路上的參考。一開始我是拒絕的，因為當時男友剛剛去世，我連哭的力氣都沒有，更別說要把這個痛苦的過程再走一遍。

　　而且，我不想只是寫一個同志故事，因為我們的歷程，就只是兩個相愛的人，希望一輩子在一起，就那麼簡單。我們經歷的跟異性戀的愛情沒什麼兩樣，我們一樣天天柴米油鹽醬醋茶。

　　至寫作的此時，他離開我四年半，我也離開馬來西亞在外流浪了三年多，我忽然決定把這個故事寫下來。可是，我還是堅持我不是在寫同志愛情故事，而是寫一個很樸實的愛情故事。

這本書除了寫愛情（從轟轟烈烈的熱戀，到互相殘殺的分手，再回到彼此身邊，一起在愛情和生活上學習、前進，然後平平淡淡的、柴米油鹽的過日子，而且是把對方看得比自己生命還重要的過著），更重要的，我希望借助這本書，讓讀者一起思考：人類可以如何較輕鬆的面對生死（因為死亡不是一件壞事），生死教導了我們什麼，生命何為，以及我是誰。

書裡提到的事情都是真實的，都是我們兩人一步一腳印的生活歷程。他去世之後，我相信他還一直伴著我，和我一起走出傷痛的困境，走向生命更深處。

書中的「你」均指我的男朋友，讀者不妨把全部篇幅看成一系列的信，在這些信裡，我為他寫下我一路走來的感受。我想，當我們真的那麼愛一個人，這個人便跟隨我們一生，不管他（她）是否還活著。

本書分兩條線索：第一條線索從我和他認識開始，第二條從他去世開始。我把這兩條線索以交織的方式呈現，因為這兩部分都往一個很燦爛的方向走去。這，也是我對生命的看法 —— 不管發生什麼事情，生命都是絕對燦爛（問題只是我們怎麼樣看待這事件）。這番話，我特別想對那些在生命中失去所愛（不管是伴侶、家人）的人說：「死亡真的不是一件壞事。」

每一篇的標題都會寫明，這篇是在他去世前還是去世後的故事。這樣閱讀時比較有時空感。

我希望這本書對一些有同樣經歷的人有所幫助，特別是仍然深陷於離喪之痛的讀者。

第一篇和第二篇的原文來自 Fridae.com；在此謝謝 Fridae 一路上的支

持。

特別要在這裡多謝替我做大陸版文字潤色的鄭遠濤，沒有他的幫忙，這本書將會完全不同。遠濤的修飾，讓我這個只受過幾年中文教育的人學到很多，其細心，是我見過那麼多文字工作者中，最讓我驚歎的。謝謝，真的打從心裡感激不盡。

最後，也非常感激台灣的胡萊安（瑞元）對繁體版的潤色。萊安對這本書的出版絕對功不可沒。他對這本書的支持讓我感動。對萊安的熱心，只說感激是不夠的。萊安，真的謝謝你。

The journey of healing

In this book, the author addresses a fundamental human loss (sudden death of a loved one) through a series of candidly personal reflections, and in the process, shed light on the hidden world of gay male relationships in Asia, in particular Malaysia. It is rare that we get to experience vicariously the inner struggles of a gay man navigating his uncertain world of conflicting psychological demands to find acceptable expressions of personal grief.

In this intriguing book, the author offers valuable insights into the psychological complexity of a gay Asian male finding first love and his subsequent agony of suddenly losing that love of 17.5 years.

Despite the passage of time, the author is still psychologically tied to his deceased lover. The loss of a beloved leaves behind an emptiness that is difficult to fill. Nothing in his world is enjoyable any more, just painful reminders that his lover is gone.

His emotional loneliness is painfully palpable, exacerbated by the absence of genuine understanding of and social psychological support for his loss. In the absence of legal and sociocultural recognition of their marital gay relationship in Malaysia, he struggles to find meaning in his grief.

Not meeting support only increases his pain, potentially exacerbating his psychological trauma and recovery. This important book provides valuable insights into the struggles of gay male relationships in an Asian society that sometimes quietly ignores or openly discriminates against them.

In writing this book about his person journey through pain, the author demonstrates that, in the face of deep personal losses, we heal the community by first healing the individual in pain. By weathering emotional pain previously thought unendurable, the author emerges with a deeper profound sense of inner strength.

In this way, we promote the intrinsic sense of community which is basic to the wellbeing of the gay individual, especially relevant in the collectivistic societies of Asia. This book is mandatory reading for the public and professionals alike, particularly This book is mandatory reading for the public and professionals alike, particularly for those seeking to understand the grieving, mourning and healing process of losing a beloved spouse, gay or straight.

Dr. Chwee-Lye Chng

Regents Professor Emeritus
University of North Texas

真實的同志情感，摯愛離世的療癒

本書作者透過真實的筆觸，描述了摯愛伴侶的突然離世，向讀者展現了馬來西亞男男同性戀關係這一鮮為人知的隱祕世界。和作者共同感受一位男同志內心的掙扎，以及如何面對世俗的要求，並從中學習自我療傷的心路歷程，是作為讀者少有的體驗。

在這個動人的故事裡，作者讓我們感受到一位亞洲男同從初戀、相愛之喜，到十七年半後失去愛人之悲的複雜心路歷程。

時間流逝、悲慟難平。逝去的愛人留給了作者無盡的悵惘。從此世間再難有樂，唯有無盡相思。

由於在馬來西亞，同性婚姻不被社會與法律所承認，因此作者難以得到來自他人的真正理解與支援。來自社會對同性戀的歧視以及低容忍度，使他的孤獨與痛苦久久難以癒合。

得不到周圍人的支持加劇了作者內心的痛苦，使得他的悲慟久難平復。本書真實反映了，同性戀人們在亞洲社會對同性關係的漠視或公開歧視中的掙扎。

本書的成書過程即是作者的苦痛歷程，面對痛失摯愛，先撫平個人的傷痛才能喚醒社會的認知和理解。當作者走出這先前認為不能逾越的痛楚後，他從內心深處變得更加堅強。

我們想以此書喚醒同性戀個體在社會群體中的自我意識，這在集體主義文化盛行的亞洲社會具有極其重要的意義。本書適合一般大眾和相關

領域學者閱讀。無論是否是同性戀，本書都尤其推薦給有同樣喪偶經歷，
想要理解悲傷、治癒悲傷的人們。

莊粹萊

北德薩克斯州大學 榮休名譽教授，性文化與性學學者

留下的記憶沒完

讀完大潘的情書,心裡難受。腦海湧起改編自筱禾原著《北京故事》的電影《藍宇》(2001 年,關錦鵬導演),也想起陳捍東和藍宇的愛情故事。

是同志的愛情歷程特別坎坷嗎?兩者都有類似的遭遇。之前陳捍東帶藍宇回家過年,陳的弟弟與姊姊都對藍宇挺好的,但仔細看才發現,陳的媽媽對他很冷淡,會故意轉移話題。她畢竟無法視他同家人。

捍東遭遇挫折,甚至被判了死刑,藍宇二話不說把積蓄、房子都拿出來幫悍東順利過了這關,兩人的關係又回復到了過去,甚至更好。可惜好景不常,在一個平淡到不行的日子,捍東被通知到醫院看在工地意外死亡的藍宇屍體,捍東一下就崩潰了。

什麼都沒有留下。好像 扇門突然硑然關閉,鎖上。

最後,捍東東山再起,不過身邊失去了藍宇。捍東開著車經過藍宇出事的地方,背景音樂放著之前他們倆一起聽過的歌,回憶歷歷在目,當時捍東曾說:「人一死,就什麼都完了。」藍宇回他:「沒完,留下的記憶還沒完呢!」

大潘的情況也一樣 —— 沒完,留下的記憶沒完。所以化作了這 111 封寄不出的情書。

流淚多麼傷元氣,且淚水並不能有效的洗滌悲傷 —— 一幕幕場景如潮湧現,孤獨感和寂寞感並不會消退。

首讀大潘的情書，扼腕嘆息。向來愛就不容易放下，任何形式的關心和安慰，既換不回真愛重生，唯有等當事人用時間來療癒自己。

　　重讀大潘的情書，與其說這是情書，毋寧說是大潘透過書寫與自己靈性的對話，並達到書寫療癒的歷程。

　　大潘囑我為此書寫序前，捎了句話：「可是你也未必一定喜歡這本書，所以，你覺得喜歡了，再寫推薦序吧。因為我發現讀這本書的人，讀後感好像都很極端。要嘛很喜歡，要嘛覺得平平無奇。」

　　我是前者，於是便寫了推薦序。因為在這 111 封情書裡，我看到交纏的幾條線（或許作者沒有這樣的企圖心，但寫著寫著便渾然天成了）。

　　一是，這是段令人無法忘記的愛情故事，愛情本來就是只有對象，而非性別。大潘與摯愛的交往，雖然沒有遭受家人公開反對，但仍處於避忌世俗眼光。書中好幾處寫到，大潘用摩托車載他去上班，都在離辦公樓不遠處停車，甚令人痛心。同性之愛至今仍被好事之人渲染，其實兩位同性之間的事又礙著了誰？

　　愛情與生活本應是兩件事，吵吵鬧鬧、離離合合本是自然的事，但最後一刻，大潘的他，把所有遺產都委託律師悉數付託給大潘，因為他和他，早已是一體。大潘此生應無憾。

　　第二條線，是這段中年同志喪偶的心路，從撕心裂肺的痛，到逐漸透過書寫釋放痛苦、悲慟情緒，到撫平心靈的創傷，再到在生活與生命之間從容進出，來去自如。這也是一場生命中的生死教育。當你失去最親愛的人，當你走過悲傷的幽谷，大潘透過書寫留下痕跡。

　　大潘的文字展現了「安安靜靜很大聲」的力量，一如大潘本人的個性，不喜歡瘋狂的找人傾訴，唯靜靜依然給人一股沉著的力量。

從「抒寫」，到「舒寫」，再到「甦寫」，以內在的力量為自己導航，這是一種生命飛翔的姿勢。大潘，你飛出來了嗎？

第三條，是面對喪親後，找回遺落的自己的哀傷療癒。面對喪失最在意的親人的痛，很多人每每以為自己走不到終點。然而，再難走也得撐下去，你可以從宗教、文字、家人乃至朋友群中得到支持，但你終歸要靠自己走完。大潘的他向大潘展示了生命的無常，而大潘卻向我們展示了梳理生命之必要。把心中的糾結、掛念和情緒詳實記錄下來就有反思的機會，更有療癒的效果。

惆悵舊歡如夢，大潘如今漂泊在外。我心想：大潘心中的家在哪裡？春節時，他要去哪裡過年？

沒完，留下的記憶沒完。

大潘可能會在他的墓碑前，一如他仍活生生存在，向他訴說這幾年漂泊在外的故事。

大潘，他沒有離開你，他永遠在你心中。人生不長，能覓得一次真愛，已足矣。雖不至成千古絕唱，但也是令人在意的戀歌。我們都希望你，不要因此失去愛的勇氣。

是為序。

曾毓林

馬來西亞星洲日報，現任副執行總編輯，曾任文教主任、副刊主任

帶著另一半穿越生死

讀完這本書，我久久無法自己。我何其有幸，能接受這份大潘和他的伴侶用生命完成的禮物！

這本書可以從多重角度來解讀。首先，這是一本直接凝視死亡，重新看見生命的書寫。

大潘伴侶的驟逝，讓他踏上一段刻苦銘心的重返自我之旅。書寫這段經驗必然是很痛的歷程，因為書寫需要回想、重新經歷這段痛徹心扉的經驗，分辨自己的情緒，斟酌適當的文字表達。這段書寫的歷程，初稿通常血肉模糊，淚水與墨水齊下，能夠堅持完成，需要很大的勇氣與毅力，一旦寫通透，這段故事就有美感。

我們不見得會經歷大潘如此戲劇化的喪偶經驗，但人一生下來，就注定死亡，在奔向死亡的生命旅程，如何能在有限的生命中，超越死亡的詛咒，看見永恆的可能？大潘的故事提供一種可能，屬於我們的答案仍須我們自己去找。

我非常喜歡這本書使用情書的書寫形式，情書是兩個愛人之間的親密對話，在自己所愛的人面前，說話的人是最自在的，因為他知道自己被無條件接納。在伴侶死後，情書是大潘跟伴侶之間僅存的聯繫，藉由在旅行中身體的移動，大潘與逝去的伴侶叨叨絮絮的說話，透過 111 封的情書呈現在這本書中。

情書以現在式與過去式交錯出現，這種時空交錯的書寫形式，充分顯

示一個喪偶者的心理狀態：他雖然一個人旅行，但心裡帶著另一個人一起旅行；他一個人在不同的城市，但他的眼睛是從兩個人的世界看出去；在新的單身狀態下，重新回到曾經走過的城市，大潘需要把新的經驗與舊的記憶彼此串連起來，讓自己走過死亡帶來的斷裂。這 111 封情書就是這編織之旅的痕跡。

大潘說他「不是在寫同志愛情故事，而是寫一個很樸實的愛情故事」。讀到這裡，我會心的笑了。大潘是個同志，他與他伴侶之間的故事自然是同志之間的愛情故事，但是大潘很清楚世人對神祕的同志伴侶世界有窺探的好奇，渴望愛情的同志族群，對同志伴侶也有公主與王子從此過著快樂生活的浪漫期待，他無意滿足這些對同志愛情故事的期待。當然大潘不否認自己的同志身分，他只是不希望他的故事被局限在同志愛情故事的想像中，因為那不真實，對生命的提升無益；或用大潘的話，那沒有營養。

大潘寫了一個真實的愛情故事，因為他沒有遮掩，呈現人的軟弱與在愛情中真實的衝突，他們的愛情故事點滴具體落在日常生活的細節裡。生活中的愛情無法停留在口頭上的「我愛你」，必須在面對自己生活規律被打亂後的憤怒下，還願意改變自己，接納對方跟自己的不同。大潘所描述的「在愛中，放下自己」，是所有相愛的伴侶，不論同性戀或異性戀都會面臨的挑戰，因此他們的故事對所有進入或是期望進入愛情的人都有意義。

儘管大潘希望這本書不要被視為同志伴侶的愛情故事，我認為這本書對於同志社群是重要的，同志多半活在陰影下，同性長期伴侶的世界鮮少為人所知，更遑論掏心剖肺的書寫出來。不僅同志長期伴侶鮮少被異

性戀社會看見，同志社群內部也很少能見到如此真實的伴侶關係。這本書對於走在親密關係中卻缺乏參照的同志是有助益的，更有助於打破同志老年必然孤單恐懼的刻板印象。

這本書讓我進一步思考，我們該如何安慰痛失至親的朋友？這個問題往往讓很多人無言。當大潘與他的伴侶共同經歷許多挑戰，逐漸進入穩定的幸福生活之際，伴侶的驟逝，讓大潘被拋擲到椎心痛苦的失落中。這是一個極為孤獨的歷程，大潘很清楚，面對至愛的失去是他自己才能啟動的歷程，他人的關心與安慰，無法取代他所面對的痛苦。

大潘的現身說法告訴我們，其實我們不能做什麼。大潘深深刻畫了，在那個當下，他只想著如何抓住與伴侶之間尚存的連結，但生活中每件事，都提醒他伴侶逝去的事實，他已無心回應旁人安慰的話語，只能視為好意，理解為支持，卻無力回應。悲傷必須當事人自己扛起，作為朋友，我們只能在旁邊陪著。看起來沒做什麼，但卻也是我們能做的最重要的事。

寫完這本書，大潘如何安頓自己？他說：「我希望借助這本書，讓讀者一起思考的是：人類可以如何較輕鬆的面對生死（因為死亡不是一件壞事），生死教導了我們什麼，生命何為，以及我是誰。」輕鬆面對死亡？！這句話做來一點都不輕鬆，但大潘有資格說這句話，因為他走出來了。

面對失去至愛的痛苦，大潘說：「當我們真的那麼愛一個人，這個人便跟隨我們一生，不管他（她）是否還活著。」因此，透過愛，死者活在生者的每日當中；大潘說：「我很高興你先離開，因為現在我知道了留下的痛苦。我是怎麼樣都不願意看到你面對這樣的痛。」因此承受的

痛苦是為對方的體貼而有了意義；大潘最後說：「我還要謝謝你用你的死亡讓我有機會面對生命更大的空間，看到一個只有死亡的震撼才能看到的空間。」他感恩這一切的歷程，儘管苦，但他知道看穿生死，讓他的生命煥然一新，為此，大潘說：「你讓我一生幸福，一生受用不盡。」看完後，作為讀者的我反而有些羨慕大潘，因為他們的愛情已經銘刻在屬於他們的時空，不會變質，歷久彌新。

王增勇

國立政治大學社會工作學系副教授

不辭而別

醫生在急救室裡替你搶救的時候，我還是一點心理準備都沒有。我想，你只是藥物過敏了吧。我當然還是怕的，可是想到你才四十四歲，我們平時都注重飲食，你也那麼注意自己的健康，怎麼可能出問題？

那個替你急救的女醫生第一次出來的時候，看著我，很抱歉的神情說你已經陷入昏迷了，不知道什麼時候才會醒過來；也許一天，一個月，一年，或是一生。

那一刻，我就呆著了。我衝進了急救室，你閉著眼睛，躺在床上，好像什麼事情都沒有發生。

那一刻，我剩下的，就只有怕。我捉著你的手，眼淚就像決堤的河水，瘋狂的往下飆。我在你耳邊喊著你，我說：「你醒醒，你醒醒好嗎？我好怕，好怕。」

我看到你的眼睛好像在動，我覺得你有聽到我的聲音。我便繼續叫著你。我說：「你一定要醒來喔，你不醒來的話，你教我如何是好。」

你忽然坐了起來，抬起了手，用手指不斷的指著前方，想說話，可是喉嚨裡卻只能發出混濁的聲音。

我抱著你，不斷的問：「什麼事？你想說什麼？」

然後是醫生衝了進來，把我趕了出去。

我坐在急救室的門外，眼淚盡是往下流。我怕，我慌，我不知如何是

好。只能不斷的向上天禱告：千萬不要讓你有事喔，我這一生就只有你這麼一個人。你要是發生了什麼事，我怎麼辦才好？只要你可以好過來，上天要怎麼樣懲罰我都可以……

醫生和護士不斷的進進出出，我腦子卻一片空白，什麼也想不到，能夠做的，就只是靠在急救室外的牆上，不斷流淚。

不知道過了多久，一個男醫生走了過來，用那種只有在電視劇裡才聽得到的聲音說：「很對不起，我們盡了力，可是他還是走了。你進去看看他最後一面吧！」

開始的時候，我還不知道他在說什麼。等我回過神來後，我看著醫生說：「不會的，不會的。」

然後我衝進了急救室，你就躺在病床上，插著喉管，動也不動。

我抱著你，用我一生的力量喊著你：「你不可以走，你不可以走。你走了教我怎麼辦。你怎麼可以留下我一個人？我不知道一個人該如何走下去。我一生都沒有求過你，我現在就求你這一次，你給我醒醒吧，只要你醒過來，我什麼都答應你。」

你什麼反應都沒有，我卻可以感覺到生命已經從你的軀體離開。我感覺不到你的體溫，我感覺不到你，你的身體連一點生命的感覺都沒有。

我除了哭，除了不斷喊你的名字，不斷的叫你回來，我不知道我還能做什麼。我那麼無助，無助得只剩下哭泣。

醫生沒有讓我待在你身邊太久，就把我趕了出去。他們說需要替你清理。

我走出急救室，忽然感覺這個世界只剩下我自己一個人了，你不在了，你竟然不在了。

我要如何是好？你本來就是我的世界，你走了，我的世界便垮了。

痛讓我什麼也想不到，可是我知道我還是必須處理你的後事。我撥了電話給你姊姊，請她通知你父母，然後也撥了電話給幾個好朋友，要他們過來。

我給我大妹雪玉撥電話的時候，雪玉在電話裡一邊追問發生了什麼事，一邊哭。我特別給她電話，是因為你和她一直都很熟，加上你和她丈夫還是同事。

我撥完了電話，一個人坐在急救室外，只能流淚，什麼也想不到。心裡唯一的一個問題是：你不在了，我怎麼辦？我怎麼辦？我怎麼辦？你走了，接下來的路要怎麼走？怎麼走？怎麼走？

朋友來了，抱著我，也在哭，卻教我不要傷心。

然後是你姊姊來了。我知道你跟你姊姊一直不太親，可是我還是必須通知她來辦手續。在醫院的時候，醫生和護士就知道了我們的關係，可是醫生在你出事後，也說你的一切後事都必須由有血緣的親人來處理。

我和你生活了十七年半，我們天天在一起，我們天天同一個桌子吃飯，我天天為你煮飯，我天天睡在你的身邊，你讓我天天愛護著你，可是我卻沒有權利在你生命走到盡頭時，替你辦理你的後事。可以在文件上簽名的，不是我。

我們過去近十八年的互相扶持，近十八年一起的燦爛，近十八年一起的豐盛，到了你生命的盡頭時，居然都不算數。

醫院把你送走的時候，也沒讓我多看上一眼，就要我明天一早來領你出去。

我看著他們把你推了出去，我想到你要在冰冷的醫院過一個晚上，想

到我不能像平時那樣在你身邊陪著你，我就痛得連站都站不起來了。

很多朋友都到醫院來了。他們幫我處理一切我連想的力氣都沒有，卻又必須處理的事情。他們陪我回到我們的家，想留下來陪我。可是我拒絕了。我只想在這間屬於我們倆的房子裡，好好的感覺你的存在，好好的繼續和你相處。

房子忽然變得太大、太空洞了。我看著你躺過的沙發，我看著你坐過的椅子，我看著你每一個出現過的影子，我可以做的，就只是哭。

我不知道我是怎麼睡去的，一直到朋友的電話來了，我才醒來。

今天，我必須到醫院把你接出來，也必須在醫院面對你的家人。他們昨天就從鄉下來了，住在你姊姊的家裡。

到了醫院，我和你家人就碰面了。你父親很生氣的罵我，為什麼你進醫院都十二天了，我卻連一個電話也不打給他們，讓他們老人家連見兒子最後一面的機會都沒有。

我壓抑心裡的悲痛，低聲的告訴他們，這是你的意思，因為你不想他們擔心，而且我們也沒有預料事情會發展到這樣的地步。我們都以為這只是普通的小病痛。

你父親還是一邊流著淚，一邊罵我。你母親也說一些責怪的話，我就只能站在那裡，讓他們發洩心裡的不快。

我明白這次的事件對他們是很不容易的。你弟弟十個月前才剛剛去世，而你們家只有你們兩個男丁。所以，我沒有說太多的話，就讓老人家罵吧，他們心裡舒坦一些就好了。這，就是我還能為你做的一丁點事情。

醫院把你從冰櫃裡推出來時，我看你躺在冰冷的床上，眼淚就再也控制不了，瘋狂的流下來。我多想好好的像過去一樣抱著你，讓你知道我

在你的身邊，我在保護著你，讓你不害怕。

　　車子必須把你載到殯儀館去。本來應該由你外甥陪著你的靈車，可是我堅持我要陪你走這一段路。殯儀館的師父說，我必須每經過一個地點都叫著你的名字，告訴你要回家了。

　　那條路是我跟你在過去十七年半裡走了很多次的，所以，每一個建築物，每一座橋，每一條街，你都認識。可是，我還是每一個建築物，每一條街，每一座橋的告訴你。你的棺木就在車子裡，我知道你就在我身邊，你在聽著我說的每一句話，聽著我說的每一個地方。每一次說著你的名字，我的心就好像被刀給劃了一下。

　　到了殯儀館，朋友把一切都打點好了。我需要做的，就只是坐在你的棺木旁邊，守著你。

　　你家裡人也沒有對我的舉動說太多話，因為大家都知道我們的關係，也知道你會希望我這樣做，所以，他們也尊重你的決定。

　　我就守著你的棺木，我讓自己靠在你的棺木上，希望更靠近你一些，希望你知道我還是在你身邊，不管發生什麼事情，我都在你身邊。希望你知道我一生都不拋棄你，希望你知道你是我的世界，我的生命。你走了，你就帶走了我的世界。

　　能夠來的朋友都來了，有的還特地從別的城市趕來。來的朋友知道我沒有心情顧及其他的事，都主動出手幫忙，讓我可以好好守在你的身邊。

　　我大妹和二妹都來了，大妹的丈夫，也就是你的同事，也過來幫忙招呼來拜祭你的人。大妹哭得很厲害，我可以理解。我們總是三兩個星期就一起吃飯，然後漫無目的的談天。雪玉還住我們樓下的時候，我們還常常到她家吃飯。

你同事也來了，而且連你前一個公司的同事都來了。我知道你從來不跟他們談我們的事，可是我想大家都知道。那個跟你最好的、住我們家附近的女同事，當我告訴她，你一直很喜歡她這個朋友，她就痛哭起來。

我知道你是一個很好的人，所以來的人很多。你總是對人那麼好，特別是同事。所以，大家都來了，來見你最後一面。

你家人都只能坐在一邊，而且他們在城裡認識的人也不多。還好，我們一些朋友認識你的家人，便上前跟他們說話，安慰他們。你父親如同平時一樣，坐在角落，一句話都不說。你母親則偶爾流淚。我知道他們都很痛，尤其因為你是家裡最長進、最顧家的孩子。你母親一直說，為什麼去的是你不是她。

你妹妹也靜靜的給你燒紙錢。你姊姊的悲痛卻好像不那麼大，也許是因為你跟她比較不那麼親密吧。

我知道你去世前一段日子，家人讓你煩得不得了。可是，我知道他們還是很愛你，我也知道你也很愛他們。

我不知道時間是怎麼過的，我就只是想在這最後的時刻，靠在你的身邊，讓我可以感覺你。因為我知道我往後再也沒有機會了。我沒有想過吃東西，朋友怕我餓著了，便沖一些營養飲品讓我喝下去。

我也不知道人群是什麼時候散去的。午夜時，我讓你家人回去你姊姊家休息，就是怕他們身體累出問題。

大家讓我也回去休息。我說什麼都不肯。我說我一定要在這裡陪你，因為你一直就很怕黑，很怕一個人。我堅持要睡在你的棺木邊，陪著你，讓你安心。

大家都走了，除了鴻仔說要留下來陪我。最後，整個殯儀館就只剩下

我們三個了。

　　靜靜的夜，我卻聽不到你的聲音，聽不到你平時熟睡時的呼吸聲，聽不到你說你愛我，聽不到你的嘮叨，聽不到你不說話的聲音。

　　靜靜的夜，我也感覺不到你，感覺不到你平時只要躺在我身邊就會有的舒服感，感覺不到你抱著我，或是我抱著你的安全和放心。

　　我不知道是什麼時候睡去了，醒來時天已破曉。鴻仔還在燒紙錢，燒了一整晚。我謝了他，這個讓我安靜的睡去，自己卻替你燒一個晚上紙錢的朋友。

　　這一天是你火化的日子，是個工作日，可是還是來了一些朋友替你送行。

　　我還是陪在你的身邊，坐上殯儀館的車子，送你到火葬場去。

　　我知道真的是最後一程了。可是我還是必須照著葬禮師父的吩咐，告訴你每一座橋，每一個建築，每一條路。

　　火化的儀式也很簡單，大家都給你上了香，師父給你念了一些經文，便把你的棺木推進去。看著你的棺木漸漸的送了進去，我終於知道我再也看不到你了，你真的必須上路了。更可悲的是，不管我再做什麼，我多做什麼，我去求任何神，我都是留不住你的。

　　我一邊哭，一邊要求大家讓我留下來看著你火化，可是師父教我別留下。因為我留下來，你會不捨得走，你會不願意往光的地方去。這，對你來說是不好的。

　　我轉過背，狠狠的踏出腳步，撕心裂肺一般，為的，就是讓你放心，為的，就是讓你好好的上路，為的，就是讓你一路走好。

　　你安息的地方就是火葬場的附近。等到你的骨灰上了位，等到最後的

儀式都完結了，雖然我想留下來，繼續陪你一輩子，可是，我還是必須狠狠的轉過頭，連看你一眼都不能，就上車離去。

可是，我的一生摯愛，我會常常來看你，我會把你帶在身邊，一直走到我生命的終點，走到我們再見的一天。

遺囑

你火化的那個晚上，你妹妹來了電話給我，說你母親要我到律師事務所，談關於你的遺囑。

我說：「在你哥哥的葬禮上，我們不是都談過了嗎？」

你妹妹說：「母親還是希望在律師面前把事情說清楚。」

我沒有反對，但當下就只是想躺下來，讓悲傷疲憊的心有一個休息的空間。

既然老人家覺得必須做，就做吧。

第二天一早踏進律師事務所，發現你全家人都來了；你父母、兩個姊妹，還有她們的丈夫；我就知道，這應該不是一次愉快的對話。

律師是你的朋友，是你家人在你的葬禮上認識的。

大家坐了下來，我把你的遺囑交到你律師朋友的手裡，他才說了門面話，你母親就說話了。她很冷的說，你去世後，她要拿回她孩子的財產，她把她認為屬於她孩子的東西，如數家珍般，一一數了出來，還說，孩子沒了，她最少必須得回她應該得到的東西。

我的眼淚當下就完全失控的飆了出來，我連話都說不上來，只能低下頭，讓眼淚瘋狂的流著。也許沒有意料到我會有那麼大的反應，大家都驚呆了。

等我心情比較平復，我說：「他昨天才火化，為什麼我們必須這樣溝

通？真的沒有其他的方式解決錢的問題了嗎？我們不是一家人了嗎？他要是看到我們為了錢的問題這樣講話，你想他會怎麼樣的受傷害？」

你姊夫還沒讓我喘過氣來，就開始插話。我不知道他說了什麼，我只意識到那是一些很難聽的話。我知道，在一邊看著整個過程的你，一定會很難過、很生氣，而且開始罵人。

你活著的時候，我們總是每隔一個多月就回你老家一趟；你父母也每隔兩個月就來我們家住上一個星期；十七年半下來，想想我和你們家人見面的次數還少嗎？

我雖然不是很會討好你家人，可是我也不會說錯話。知道他們一直對我們的關係感覺不好，覺得你應該結婚有孩子，覺得是我讓你走上同志的道路。所以，我也就絕不讓他們在親友面前感覺尷尬。

十七年半的相處，我們還不算家人嗎？

可是，這將近十八年的關係，看來還是不足夠的。情況很僵，我傷心得回答不了他們的問題，他們卻還是七嘴八舌的在說話。

你的律師朋友忽然發話，很嚴厲、很大聲的對著你姊大喊道：「麻煩你馬上給我離開這裡。你和這件事情無關，你不應該留在這裡。請出去！」

你家人都呆住了，你姊夫也卡著不知如何是好。

他還沒有回過神來，你的律師朋友又說了一次：「請馬上出去。」他才憤憤不平的離開。

你家人還沒回過神來，律師說話了，他表示根據你的遺囑，我是你遺產的唯一合法繼承人；我是可以不把這筆遺產和任何人分享的。假如我願意和其他人分享，這是我的善意。

你最喜歡的小妹發話了。她知道你的遺囑是把財產留給我，她覺得你母親也不是要逼我把錢都拿出來。由於我們之前每個月都會定時給老人家生活費，現在你離開了，老人家便擔心往後費用沒有著落。

她丈夫也說話，大家也只是擔心老人家，希望他們接下來的日子在金錢上不會有太大的問題。他說你母親說話也許是重了些，那是因為失去孩子的痛還在，所以，希望我不會見怪。

你母親聽到這些話，又開始哭了。

我說我明白大家的心情，我也不怪大家說話的語氣。我知道大家在這件事情上都不容易。我只希望，大家可以好好的，像一家人那樣好好談。我相信你就坐我們身邊，我不想讓你看到我們為了錢而鬧至這樣的場面。

我繼續說，雖然你把錢都給了我，可是家裡要錢，我還是會把錢拿出去的。我讓你家人把他們要的數目說了出來，我把能給的，都給了。

走出律師事務所，和你家人道別，安慰你父母，讓他們別再傷心。可是，在坐地鐵回家的路上，眼淚一直不住的流。我想，你在我身邊看著我這樣難過，你也一定很傷心。

我現在才知道，原來在你母親眼裡，我們將近十八年的生活，原來都不算一回事，原來我還是外人。

我不怪你家人，就算你母親說了這些話，我也不怪她。她始終是念書不多的鄉下人，而且還是老一輩，要她了解我們的關係始終是有困難的。他們能夠做到我們在一起的時候不出聲，就已經很好了，我們還能再強求什麼？

可是，你離開已經夠讓我傷心了，我還必須面對因你離開而留下的，這些沒完沒了的事物。每一次處理這些事物，你離開的傷痛就肯定被揭

開一回。

　　你離開後，你留下的錢就成了我必須面對的最大傷痛。我知道我接下來必須不斷的到律師樓去，然後是法庭，把你名下的一切財物更換名字。僅僅這個程序，就需要花上半年時間。

　　還有商業註冊局、退休基金局、銀行、保險公司等等，全都好像沒完沒了。

　　你的律師朋友說，要不是因為你立了遺囑，我的情況會非常的難搞。加上你活著的時候，我從來不管錢的事，錢總是都丟給你，而你又把我們的錢理得妥妥當當，完全不需要我擔心。

　　要不是你立了遺囑，我可能連自己放在你名下的錢財都不再屬於我了。當然，我還能繼續工作，生活不會太成問題。可是，失去你已經夠讓我傷痛，還得為錢的事情煩，就更不容易了。

　　很想很想你。

假如愛有天意

其實在泳池見到你已經有一段很長的時間。

我當時租的房子就在泳池附近，所以只要有空，我就喜歡到泳池游泳。

那個時候我剛剛從德國念書回來，還在猶豫是不是到歐洲長住。在猶豫的當中，便遇到了你。

那個時候，我正面臨人生中的迷茫。差不多十年前在美國念深海潛水，之後也在亞洲工作了好一段日子，可是有那麼一天，忽然發現這不是我要的，便放下工作，到德國學校上課。可是在德國斷斷續續待了兩年，念書也不過是藉口，更多的原因是在探討自己到底是誰。同性戀身分是一個問題，感覺不到生命的燦爛也是一個，加上自己當時又不夠合群。物質上過得去，心靈卻非常空虛。

遇到你，就是在這種自我尋找的過程中。寂寞的心靈碰上了你，便喜歡上了。

我雖然不是每次到泳池都會見到你，可是常常見到。而且見過一兩次之後，我居然開始想你了。每次去泳池前就想會不會見到你，見到你在泳池了，心情就特別好，見不到就感覺很失望。

你總是在下班時間到泳池，也總是游一段時間就靠在泳池旁邊小憩，然後又繼續游。你通常會待上一個小時。

每次碰到你，你就會對著我微笑，然後點點頭。我也會做同樣的事，

可是我們卻從來沒有交談。我是保守的，也不想表現得太過主動，因為害怕你不是同志。就算你是同志，也害怕被你拒絕。

你看起來應該不到三十歲。不高，和我想像的夢中情人是有出入的，可是卻是超級帥哥。我喜歡你衝著我來的笑容，很甜很甜。你的笑容那麼自然、親切，讓我感覺舒服。臉上的嬰兒肥讓你看起來好像水裡的精靈。而且你還有一點胖嘟嘟的，可是也許是你常運動的關係，你胸前的一塊都讓你練成六塊了。我想，你一定很好抱抱，一定很舒服、很溫暖。

很想跟你聊天，可是太害怕你不理睬我，害怕你的笑容是你對每一個人都會做的動作，害怕是我一廂情願，加上泳池人太多了，也不是談話的地方，所以我一直都沒有跟你聊上天。

我們每次離開泳池的時間好像都對不上。不是你先走就是找先離開，總是碰不上可以一起離開，然後禮貌的打招呼，然後好像不經意的聊開來。

這樣斷斷續續在泳池裡見面，一個多月之後的今天，我們居然同時離開。我心裡好興奮。

離開的時候已是晚上七點多了，華燈初上，你穿著筆挺的西裝，太帥氣了。

我們互相介紹之後，我說我要去吃晚餐，不如一塊去？

你答應了，我們便一起走去一間我常去的餐廳。這間餐廳外面有一個咖啡廳，而咖啡廳就座落在一個繁華的人行道上。我沒有事情的時候，就會坐在咖啡廳裡看來來往往的人群，當然也看帥哥。這裡因為是金融中心，午餐和下班時間都有很多帥哥來來往往，我坐那麼一兩個小時就很開心了。

當然，你比那些所謂的帥哥帥氣多了。你的笑容可以融化整個世界。

我點了義大利麵，你叫了雲吞麵，我們一邊吃一邊聊。

你說你在附近工作，可是住在郊區，因為剛剛從國外工作回來，暫時住在你姊姊的家。我說我住得很近，就在你上班的公司附近。我說你可以隨時來找我。可是我一直沒有說我很喜歡你，很想馬上就抱抱你。

我問你家鄉在什麼地方，你說江沙。我說還好，不太遠，你可以時常回家。

吃飯的時候，我還偷偷摸了你的手一下，因為我實在忍不住了。那麼性感的手。你遲疑了一下，然後笑一笑。

你說你很小就離開家庭，半工半讀念完中學和大學。你念的是馬來西亞的名牌大學，而且念需要很高學分才能畢業的土木工程系，主修鑽油台設計。我想，好有才華啊。

你說話總是那麼優雅，沒有普通工程師的粗魯。可是你話不多，好像一直都是我在說，你在聽。你臉上一直都帶著笑容，而你的笑容又那麼甜，甜得我都快糖尿病了。

用完餐，我把你送到巴士站。不是不想把你帶回家，而是很想，可是就因為我很喜歡你，我們要是有緣的話，來日方長。我只想留給你一個很好的印象，我不希望這是一夜情，我希望跟你有無數的日日夜夜。

你上了車，我站在車站，看著你離開，我不斷向你揮手，你也看著我，還是那甜甜的笑容。

我一直揮手到再也看不到巴士的影子。然後踏著愉快的步伐回家。

我太喜歡你了，你把電話號碼交給我的時候，我說我一定會打電話給你。

我明天就打電話給你。

生命從這開始

　　和你見面是很開心的事情。從認識到今天，我們幾乎每天都見面。你上班的地方離我的住處很近，所以你可以一下班就過來見我。我從來沒有跟一個人那麼親密來往過，所以我很開心。

　　你下班了，我們偶爾去游泳，有時候就在附近散步、聊天，然後吃個晚餐。剛開始還會回家，後來乾脆就在我家過夜了。這樣，第二天早上你就不需要坐一個小時的巴士來上班了。

　　才一個星期的時間，我們把自己的一生都聊了。

　　你和我很相像的地方是：我們很年輕就必須離開家庭，在外面生活。我的高中在離家五十公里外，一個比較大的山城，而我家卻在一個很大的熱帶雨林旁邊，最近的鄰居也在二公里以外，而從我們家到最近的小鎮有四公里。我父親在森林旁邊種香蕉。

　　家境不寬裕，但也過得去。可是我家裡有十個兄弟姊妹，我是中間那個，所以家裡少了我，其實也沒有人會發現。

　　記得很小的時候，全家一起坐巴士去附近的一個小城，回家的時候，居然把大我兩歲的姊姊給留在巴士上。而且大家是很高興的下了車，很高興的看著自己買的東西，卻沒有任何人發現少了一個人。等到大家冷靜下來了，母親在找姊姊的時候，才發現她還留在巴士上。父親馬上趕到巴士總站找人，而姊姊在站長室裡吃著司機叔叔買給她的冰棒，還吃

得很開心。

像這樣丟失的事情、數漏人頭的事情，在我家偶爾會發生，因為人數太多了。

你父母都是在橡膠園裡工作的工人，因為橡膠園不是自己的，只能夠勉強的餬口，養你們四個孩子卻也還可以。

可是你老覺得母親對你不太好，念中學的時候還因此而離家出走，搬到隔壁阿姨家去。你還脾氣倔得好幾年沒有跟她打招呼，自己開始打工賺錢，一邊上學一邊打工，直到念完大學。你母親其實也一直要你回去，可是你脾氣就是那麼倔。

你告訴我，你還是決定過幾年就結婚。雖然你不是家裡唯一的男孩，你還有一弟一姊一妹，可是你還是覺得結婚才是正常的。

我聽了有點失望。但我還是說：「隨緣吧，誰也不知道生命能夠走多遠，我們就享受當下吧。將來的事情到時候再說吧。」

雖然來往只有一個星期，可是我覺得我好像愛了你一輩子，就是喜歡你，就是覺得你性感，就是覺得你帥氣。

我覺得我找到了自己的另一半。

樓下燈火為何如此燦爛

　　我現在就站在我們房子的巨大玻璃窗前，看著窗外的夜景。樓下的小印度燈光燦爛，遠遠的雙峰塔一樣燈火輝煌。

　　這個房子是你決定買的。買的原因之一就是它有落地窗。從這二十四樓的客廳或每一間房間，都可以把景色盡收眼底，採光也太好了。

　　我現在就站在你最喜歡的大大的窗前望著外面。你和我本來都很喜歡的夜景，現在居然讓我一點感覺都沒有。我就這樣呆呆看著窗外閃亮的燈光，沒有絲毫的快樂，也沒有絲毫的悲哀，腦子裡空空茫茫的。

　　我想，更貼切的是俗話說的行屍走肉。我只是一具不帶任何感覺的軀體，靜靜的看著窗外。而站在窗內和站在窗外，對我毫無分別。

　　我想，要是平時你聽到我這樣說，一定嚇壞了。我大妹和小妹也是這麼覺得。大妹一直問我要不要搬去她家，她覺得我這樣獨住太危險了。我對她說，謝謝她的好意，可是我知道我是離不開這間房子的，因為這是我和你最後的聯繫了。

　　房子是你決定買的，雖然我們一起去看房子，可是我喜歡都讓你決定，因為愛一個人不就是讓他快樂嗎？我說，你喜歡就買吧。

　　假如離開這房子，我感覺我們的聯繫就不在了。我現在沒有你在身邊，已經都不知道怎麼走下去了，假如還要把我們最後的聯繫斬斷，你讓我還怎麼活？

其實關心我們的朋友也問我，要不要幫忙把你個人用品清出來，送到環保站去。

我一聽就好像讓刀狠狠的在心上砍了一下。我流著淚拒絕了他們。我怎麼捨得啊！因為每一件物品都已不再單純是物品，那都是你啊！你每天上班的皮鞋有你，你平時穿的衣服有你，你平時喜歡用的那個杯子裡有你，連你的牙刷我都繼續讓它擺在那兒，因為我每天刷牙的時候，會讓我感覺你已經漱洗上班去了。

床上你睡的那一側還有你的味道，所以我不敢再睡我們的大床，害怕醒來時看到你的枕頭，就馬上想起你再也不在了，然後會瘋狂的哭起來。

所以我一直都待在客房。我還是很想很想你，我還是會因為沒有了你而瘋狂的哭泣，可是我也知道，假如我繼續待在我們的房間裡，繼續感覺你的存在，我會瘋了，我一定會瘋的。

我不想真的瘋了，因為我還希望我能夠很清醒的在另一個世界再見到你，再拉著你的手，我們一起散步，聊天。

好想你喔

你離開之後，我就不斷的問上天，為什麼。為什麼這樣的事情會發生在我們身上？為什麼那麼年輕就把你帶走？為什麼你那麼好的一個人，上天不能讓你多享受生命。

身邊這麼年輕就去世的實在很少，可是居然發生在我們身上。我記得的，就只有高中時三個同學在一場車禍中死亡，然後就是你走之前三個月，一位四十多歲的女同事在工作崗位上倒下。

你走的那天，是你四十四歲又六個月。也是你在工作崗位上感覺最輝煌的時候，你跟家人關係最好，你最能體諒他們的時候，也是我們都感覺極度幸福的時候。

上天就這樣把你帶走了，連一點遲疑都沒有。

其實你這樣離開，也不是沒有正面的意義。記得很多年前，一次我們在散步的時候，你忽然想起死亡，然後開玩笑的說，我不可以先死，必須要等你走了，我才准死。

你說你不想自己一個人留下來，天天想我，你會瘋掉的。

我也開玩笑的說，好啊好啊，我發誓，我一定讓你先死。

後來我靜下來再回想你這句話，我從心裡答應你，必定讓你先去。

因為我太了解你了。你朋友不多，除了同事、家人和一兩個還聊得來的朋友，你好像就只有我。我知道我幾乎是你的全部世界。

假如我比你先走，你的世界垮了，你生命中可以抓著的浮板就不多了。

我肯定你會很難過很難過。

看吧，雖然我一直都是比你容易快樂的人，可是你走了，我還是幾乎活不下去，我都要瘋了。

這麼痛苦的路，你怎麼走得過去啊！

所以，還是你先走好，我還挺得住，我替你把原來是你的那份痛也挺下來，一直走到我們再見為止。

親愛的，晚安。

搬過來吧

才認識你一個月，我就搬進我剛買的新房子。那是一棟緊鄰市區的兩層房子，離你上班的地點也不遠。

這房子價錢不貴，原因是後面是吉隆坡最大的基督教墳場。從後窗看出去，可以看到一個一個的墓碑。很多朋友問為什麼買這樣的房子？我說我不怕。在德國念書的時候，我還時常到德國人的墳場散步，因為它給我一絲平靜感。基督教墳場都相當乾淨，時常有人打掃剪草。而且我一直相信死亡本身就是平和，也沒有什麼可怕的。

在搬家前幾天，你很曖昧的說：「每天這樣坐巴士上班好累啊，要是可以搬到公司附近就好。」然後可憐兮兮的看著我。

我聽到你說累，我就心疼。加上我們的交往也一直滿開心的。我便拉著你的手說：「搬過來吧。房子那麼大，還會容不下你？」

你很高興的對著我笑。就憑這麼一個笑容，我便覺得自己作了一個很正確的決定。覺得再困難也值得了。

你其實也沒有什麼東西，拎了一個包就過來了。

我們的房子兩層樓。樓下是廚房和客廳，還有一個三十坪米的後花園。你決定在後花園種上你喜歡的花花草草。

樓上有三個房間，我們就住那間最大的主人房，房間的窗對著市區，每天晚上都可以看著燈光燦爛的吉隆坡。

由於是舊房子，有點破舊，我們便打算一邊住一邊修，也明白不知道要何年何日才修得完。

你早上雖然不再需要坐一個小時的巴士上班，可是還是要花半個小時才到公司。我早上看你起床去搭巴士，跟其他上班的人一起擠進巴士裡，還是覺得心疼。我於是建議，只要我那天不需要工作，人在吉隆坡，便由我騎摩托車送你上班。吉隆坡滿會塞車，可是在我摩托車上，不用十五分鐘就到你公司了。

我喜歡載著你，在那人人被堵得臉青青的車龍裡，穿來插去的，有時候還拋一個笑容給那些已經滿肚子火的車主。

我喜歡你摟著我腰身的感覺，你輕輕的用手環抱我的腰，還會在我耳邊說話。就算不說話，我也可以感覺你的呼吸。

可是你總讓我在離你公司還有一百多米的地方就把你放下，你覺得這樣比較舒服。

我也沒表示什麼。你舒服就好。

要是能這樣天天載你，我就心滿意足了。

頭七

昨天是你的頭七，你居然離開一個星期了。我不知道這七天是怎麼過的，你剛剛離開的時候我也這樣想。現在居然真的挨過去了。

我沒有什麼宗教信仰，我相信人離開了，便和大自然融為一體，到另一個層次去了。

可是你相信，所以我便依照你相信的，為你做了頭七。大家都說，亡靈會在第七天晚上回來見自己的親人。那天晚上十點，我就把家裡的窗都關上，把燈全熄了。然後上床。

也許是這一個星期以來哭得太過，居然躺下來就睡著了。

睡了一個半小時，醒來上了一次廁所，然後再倒頭又睡。

可是才一躺下來，居然發現你從後面把我輕輕的抱著，好像我們平時躺在床上，你也有時候會這樣抱著我。我連一點害怕的感覺都沒有，而是無盡的喜悅。

你身上發著很祥和的，溫暖的光芒。我也被這個光芒籠罩著。在你的光中，我感到無限的平和，喜悅，還有愛。

我連一丁點的傷感、害怕都沒有，就這樣在你的光裡和你相依。

我們就這樣抱著，什麼話都沒有說，卻好像什麼話都不必說就懂得了對方。

你抱著我很久很久，然後你要離開了。我沒有傷感，我只問你我們什

麼時候再見。你什麼話都沒有說，只是在微笑，好像你從前每次微笑那麼甜。

然後我忽然醒來，看看時鐘，居然只過了一個小時。

這一夜，我就幾乎都醒著。回味你在光裡給我的愛，給我的喜悅，還有平靜。我相信這不是夢，因為太真實了，因為我一生中也沒有體驗過這樣的感受，那種平和、喜悅和愛。

那一夜，我不再為你擔心，因為我知道你在一個很好的地方，就這樣等著我，一直到我們再見。

墳前

　　你雖然離開都半個月了，可是你卻也從來沒有離開過。因為我天天都去看你。

　　現在，我就坐在你安息的地方。他們把你火化了之後，把你放在一個小小的石甕裡，擺在你早就替我們買的位置裡。

　　你就是這樣一個把什麼事情都早早安排好的人。

　　記得你很多年前就說，要替我們買個放骨灰的地方，因為你去看了墓園，覺得很好。我當時覺得你想太多了，因為我們還那麼年輕。可是你堅持要買，我也就沒有說什麼。

　　結果你買了一個放兩個骨灰甕的位置，我當時雖然沒有太大的表示，但也覺得很窩心。因為你現在是死了都希望跟我在一起，你是鐵定了心要一生一世了。

　　我每天早上都來看你，因為我覺得你安息的地方，是我最接近你的地方。我只想還能夠和以前一樣，繼續每天看到你，每天都跟你聊天，每天感覺你的存在。

　　所以，我每天早上都到對面街買花。賣花的印度大叔都認識我了，一看到我出現，就從花瓶裡抽了三枝黃菊、三枝白菊，包紮一起，還把過長的花莖剪短。

　　大叔應該知道我是買來拜祭的，加上我從來沒有太多的笑容，大叔也

就沒有太多的話。收了錢,把花交到我手裡。

從家裡去墓園並不遠,駕車半個小時多一些就到達。墓園平時就只有我一個人,我還滿喜歡的,因為這樣我就可以跟你獨處,可以跟你說很多話,可以在你面前完全失控的流淚。

我選了一張你微笑的照片,所以我每次見你,你都看著我笑,笑得那麼甜,笑得好像這一切都沒有發生過。

這是一個很舒服的墓園,環境很好,我很高興你選擇了這裡。

每天我都同一個時間來,同樣的跟你聊天,同樣的不斷流淚,同樣的想你。

以前看電影,總覺得那些拿花去拜祭愛人很浪漫、很溫馨。可是今天輪到自己,才發現我不要這樣的浪漫,我不要,不要,不要。把你還給我就好。

大約逗留一個半小時,我才跟你說再見。

明天我還會來,後天也會,還有後天的下一天,再下一天,不知道到什麼時候。

我們的家

你從一開始便知道，我在認識你之前就一直在吉隆坡同志團體裡幫忙。我想，就因為我熱心，在你眼中是個很好的人，你才繼續跟我來往。

在同志團體幫忙，是因為我覺得社會對同志是不公正的。同志本身也不傷害別人，為什麼就因為性取向跟大多數的人不同，就應該受歧視？這種受歧視的日子我又不是沒有經歷過，過程是痛苦的。我不想讓其他人再經歷我所受的痛苦，我想我可以 —— 應該 —— 盡一份心力。

這個一九九〇年代初，幾乎所有資訊都對同志很不友善。形容同志的詞大致上都用「變態」、「人妖」、「屁股精」。人們只要一知道誰是同志，馬上就群起攻之，而且覺得這樣才是正確的、道德的作法，一副要把同性戀這樣「變態」的行為消滅於萌芽的樣子。

就因為社會對同志的排斥、打壓，我經歷過自我否認、自我打壓，然後強行改變自己，希望自己變得「正常」。要走了很多年才發現，原來是改不了的，我還是喜歡男生，我想和一個男生在一起生活，相伴，相愛。

今天遇到了你，我就想和你一起走下去，一直一直走下去，因為太喜歡你了。

因為在同志團體幫忙，我家便自然而然變成同志集會的地方。幾乎每個晚上都有同志朋友過來聊天，也有一些剛剛發現自己是同志的「新

人」，希望可以從這裡吸取一些同志資訊。

有時候夜深了，不想回家的還可以在客房、書房過夜。

我們的家變得人來人往，可是你從來不說太多的話，就這樣默默的幫忙招待客人。

我是感動的。房子有了你，變得更像一個家了。

衝突

住在一起才兩個多月，衝突就開始了。

我不喜歡你一些習慣，比如說，你喜歡亂扔衣服。我們房間有一個裝髒衣服的塑膠籃子，可是你下班回家脫了衣服往籃子裡扔的時候，常常扔不進籃子。你也懶得彎個腰去拾起來，就讓衣服這樣在地上躺著。我真的不明白，人怎麼可以這樣隨便。這是自己住的地方，每天要睡覺的場所，難道就不能夠整潔一點嗎？

開始幾次我說你的時候，你都沒有回嘴，只是轉過頭去不看我。我知道你生氣，可是，誰才應該生氣？是你還是我？

你很多事情沒有讓我少生氣，我只是不想提罷了。記得每次我們約會，不管是看電影、用餐，你好像很少準時。上個星期去看電影最過分了，居然晚到半個小時，電影都開場了，你才姍姍來遲。來了也不道歉，還一直催我快快進場。我知道你加班，可是不能說一些好話讓我的氣順一些嗎？

還有，你常常在家吃了飯就把碗放在餐桌上，喝了水的杯子也是一樣。一副大老爺的樣子，都要我幫你收拾。我心裡都在氣，只是不說罷了。還以為你看到我收拾，你下次會主動自己收拾，可是好像都沒有，好像我收拾是理所當然的。

今天我替你收拾的時候，只是說了兩句，叫你不要當自己是老爺，把

我當人一樣尊敬好不好？

　　你就發飆了。你問我：「我只是不小心沒有丟進籃子裡，你幹嘛那麼兇？」

　　「我兇？我哪裡兇了？我是在跟你說話，在告訴你不要亂丟衣服，怎麼就叫兇了？」

　　你說你上班的時候就夠累了，回到家還要受我的氣、對你兇巴巴的，好像你做了什麼天大的錯事。

　　我說：「錯了就錯了，可以爽快的承認嗎？不要用累當藉口。我不用上班嗎？我不累嗎？我上班的時候不受氣嗎？為什麼你就比較特別？難道我不是人嗎？」

　　你脹紅了臉，不說話，轉身就下樓。然後整個晚上都不睬我。

　　好啊，給我臉色看了，用冷暴力。就來吧，看誰怕誰！

有些事情總是阻止不了

坐在書桌前，望著吉隆坡的夜景，又想你了。只要一空下來，我是無時無刻不想你。我知道我會這樣想你好長好長一段時間，而每次想起你，眼淚就再也控制不住，一直往下流。

想起你的離開，我一直在責怪自己，跟你父親在醫院劈頭就問我的那句話一樣：「我為什麼不早點阻止你這樣過勞？」

醫生說你是工作過勞引發的併發症。

是啊，要是我一早發現你不斷發燒的時候就強迫你去醫院；要是我一早就不讓你每天這樣加班，連週末都搭上；要是我一早看到你那麼辛苦，就強迫你換公司；要是我每天一到下班時間就在你公司門口等你，你不離開我就不走。要是我每天對你這樣上班發脾氣，然後用分手來讓你屈服，我想，你最後還是會聽我的，然後，就不會搞到這個地步。

可是，就因為我非常非常的愛你，我把你的幸福放在第一位，放在我的對錯好壞的前面。

你覺得公司把工作交了給你，你必須把工作做得很好。所以我尊重你的決定，雖然我不認同你的看法。

你說你在工作上很開心，因為你是這個跨國企業的部門第二把手，那麼多各國的石油工程師跟著你，所以我理解你的滿足感。雖然我不覺得你需要因為這個而那麼拚命，可是我尊重你的決定。

你開始每天發燒，卻還去上班。我勸了幾次，說是該放慢下來的時候了。你說公司人手不夠，你必須上班。我沒有阻止你，因為我看到你把工作做好後眼裡發出的興奮亮光，所以我讓你去。

我每天可以為你做的，就是上午給你電話，問你今天晚上要吃什麼，然後抽出時間去買菜。你總是回家半個小時前給我電話，我便在半個小時裡，給你弄一餐熱騰騰的飯菜。

然後讓你輕輕鬆鬆的吃個晚餐。你喜歡聊天，我陪你。你不想說話，我便不出聲，就放些輕音樂讓你放鬆。

吃完晚餐，我沒有讓你動手洗碗碟。我讓你躺在沙發上看你的電視。那時候電視剛剛在播《大長今》，你很喜歡，還經常提早回來看。可是你總是看到一半就睡著了。然後我便把你扶回房間，讓你舒舒服服的躺上床。

週末的時候，我推了所有人的約會，在你加班前，陪你去公園散散步，然後跟你一起去你很喜歡去的菜市場裡，吃一個簡單的早餐。

你喜歡買彩票，而且總是在彩票站關門前一個小時給我電話。我便匆匆忙忙的趕去，幫你買你發給我的號碼。

我知道你的忙碌對你健康的殺傷力之大，可是我沒有特別阻止你，因為我以為你的身體還可以支撐。最重要的，還是我愛你，所以我讓你做一切你認為對的，讓你快樂的，讓你感覺幸福的。

我只能夠在我的範圍裡，盡量做一些讓你開心、放鬆的事情，所以我煮飯，我陪你散步，講你愛聽的笑話，幫你做你沒有時間做的事情。

對不起，我沒有阻止這個傷害的發生。原因就只是，我愛你。

我還會一直這樣愛下去。

慰問

　　你離開的消息，認識我的人很快就知道了，因為我在臉書上發了消息。

　　其實，認識我的人也都認識你。就算不是很熟，也知道你的存在，知道你對我的重要性，知道你跟我的關係。

　　朋友都來電話、來短訊，有的要來看我。我說不用，這個時候我只想靜靜的想想，自己一個人好好思考思考前面的路怎麼走，沒有了你，我還是誰。

　　朋友都像我妹妹一樣，擔心我會不會幹傻事。

　　我說我不會的。

　　我不知道為什麼。我是很想跟你一起去，很想再和你一起過日子，不管在哪一個世界，我都願意。我知道這個世界沒有了你，就不再是天堂。

　　因為你就是我的天堂。

　　可是就是走不了。不是勇氣的問題，我當下麻木得連什麼是勇氣都不知道了。

　　我還是像殭屍一樣活著，腦子還是想不到東西。很多時候還是不知道發生什麼事情。我是誰？我在哪裡？你在哪裡？我在作夢嗎？可以有人把我打醒嗎？

　　今天和Y吃飯。這是我在你離開之後第一次見他。我跟你聊過這個五十多歲的黑社會老大，是之前在職場工會幫忙的時候認識的。他還因

為和工會有了利益衝突，而幾乎要砍我幾刀。後來居然成了朋友。

坐下來第一句話，這個滿臉橫肉的老大說：「大潘，我知道你男朋友的事情。可是你是知道我們這些黑社會，真的不知道怎麼安慰你。我唯一能夠說的就是，什麼都別想，跟我去打高爾夫。」

我當時還真是啼笑皆非。

一個黑社會老大嘗試去安慰一個失去男朋友的同志，很搞笑，可是也很讓人感動。

他對同志知道得不多，更別說同志的感情世界了。他只知道這個同志是他的朋友，他就盡力去安慰他。

我盡量讓自己做出一個笑容，說了聲謝謝。

你離開後，雖然沒有任何事物或人，可以真正的讓我走出失去你的傷痛，可是我還是感激他們，感激這份人與人之間的關心。

親愛的，晚安。

和好

上次的吵架，我們居然冷戰了三天。我超不喜歡的。我覺得這樣的冷戰，太累了。比大吵大鬧還難受。

我覺得應該先道歉的人是你，可是你脾氣就是那麼倔，一聲都不吭，好像唯恐嘴裡的鑽石會掉出來。

你上班的時候都不讓我用摩托車載你了，寧願自己去擠巴士。下班回來也不跟我說話，連招呼都不打，就當我透明。晚上睡覺的時候，都不像平常那樣拉著我的手，還故意睡到床邊上去，離我遠遠的。還把臉對牆，不想看到我。

我想，不看就不看吧，我還不是也可以不看你，當你透明。你會用冷暴力，難道我就不會？

兩天過去，雖然我覺得很辛苦，可是最讓我心疼的是你。你看上去整個人都瘦下來了，我感覺你的心碎了，你看起來好像一隻被遺棄的小狗，躲在一個角落自己療傷。

看到你這個樣子，我真的很心疼。唉，算了吧。誰教我喜歡你。再想想，其實發生的也不是什麼大事情，吵過了就算了吧。

要我因為這麼一點小事就放了你，我還真的不捨得。那麼俊朗的帥哥，自己那麼喜歡的人，我還去哪裡再找一個？

而且你都難受三天了，就夠了吧。

昨天晚上你回到家的時候，還是跟前兩天一樣冷冰冰的不說話。我問你可以坐下來聊聊嗎？

你坐在我對面，冷冷的說：「說吧，我在聽。」

我坐到你身邊，輕輕拉著你的手。你沒有拒絕。可是我發現你整個身體忽然一下放鬆，冷颼颼的感覺一下不見了。

我說：「我們不要吵了好嗎？都是小事，吵了三天了就夠了吧？」

你的眼淚一下就從眼眶裡湧出來，卻什麼話也沒有說，只是不斷的點頭。

我也感動得流下眼淚，立即緊緊的抱著你，拚命的親你，說：「不哭，不哭，我們以後不吵架了。」

這個晚上，家裡的陰霾一下就散去，我們變得特別親密，兩顆心靠得更攏。你睡覺的時候，還是拉著我的手，而且拉得特別緊，怕會讓我跑掉似的。

今天早上我跟你一樣早起，一樣用我的摩托車載你去上班，你一樣從後面抱著我的腰。只是，這次你抱得特別緊。

生命必須自己走出來

最近還是很多朋友打電話來問候，說了很多安慰的話。我唯一可以說的，就只是謝謝。因為除了謝謝，我還不知道能夠說什麼。

說我很好？可是我的的確確很不好，很不好。我感覺自己好像掉進一個深淵裡，周遭除了黑暗，什麼都看不到。我一直想爬出來，可是我連應該往哪一個方向都不知道。

而且朋友的安慰詞都那麼的沒有能量。都是看開一點，別想那麼多，你雖然去了，也不希望看到我那麼難受等等。

我當然感激他們，雖然這樣的關心熱度很低，可是至少是一點亮光。在最黑暗的夜裡，這一點亮光就很溫暖了。

在過去的學習中，我知道這條沒有你的路必須由我自己走，別人幫不上什麼忙。

我不走出來，別人是拉不了的。我放不下，別人也只能看著。

有的朋友說：「你老是這樣傷心，你知道關心你的人有多難受嗎？」

我當下的心思是：「我都活不下去了，我還管得上你們是不是難過？」

可是我只告訴他們：「我雖然感激大家的關心，但這關心最後還是會慢慢消失的。因為每個人都有自己的生活要過，自己的問題要解決，自己的難關要面對。」

當大家慢慢習慣這個人就是這樣走不出來，漸漸接受這個人的傷感，

要嘛，大家漸漸離我而去，因為傷感的人太難搞、能量太低；要嘛，大家仍然陪我，只是慢慢對我的痛視而不見了。

我也怪不了大家，因為每個人都有自己的生活要過。偶爾關心關心我還可以，長期把我當寶貝護著就很難了。就連父母親人也一樣。

所以，我從來不會以為我是全世界的中心，我也不認為我悲傷了，全世界就應該跟我一起哭泣。我不會。我就只是我自己。我只能夠靠自己重新站起來，自己尋找出路，自己再活過來。

對所有關心的朋友，我相信你和我一樣，就只能夠説：謝謝。

黑社會和他的妻子

開始重新當起導遊，接了一個香港團。還是過去一直做的行程，吉隆坡、麻六甲，然後新加坡。

帶著團的時候，我都還能夠集中精神替客人講解、和客人聊天、跟客人開玩笑。客人也對我很好，也沒有什麼特別難搞的客人。

團裡有一對七十多歲的老夫妻，很親密。由於老太太腿腳不太好，我便讓他們坐最前面的座位，方便他們上下車。

在車上的時候，先生總抓著太太的手，太太都靜靜的讓先生就這樣的把手輕輕握著。

每次下車，丈夫總是小心翼翼的扶著太太下車，然後拉著她的手，一步一步的走。然後不斷的問太太：「你累嗎，要不要坐一會？」

每次出現這樣的情景，我都會避開眼光。因為我想起了你，想起我們在醫院的時候，我也一樣握著你的手，對你說，沒問題的，我在你身邊。

每天早上和傍晚，我都推著輪椅，把你推到戶外散步，跟你聊天，聊一些有的沒的，聊你父親在鄉下種的榴槤又開始結果了，聊你老闆一定因為公司沒有了你而發瘋，聊我們的新家還需要怎麼樣裝修。

然後，你總是笑，笑得那麼甜，雖然你那個時候不太說話，可是你的笑容讓整個醫院變得那麼燦爛。我們總是對每個在醫院遇到的人燦爛的笑一笑，溫暖的打招呼，因為我們覺得生命太美好了，因為我們還有很

長很長這樣美好的路要走。

我們太幸福了，上天對我們太仁慈了。

寫到這兒，我已經哭得一塌糊塗了。還是聊那對老人家吧。

老夫妻的孩子跟孫子陪著他們一起來。媳婦告訴我，做先生的不是一直都能夠對太太那麼好的。先生年輕的時候是黑社會裡負責砍人的。每次砍了人，就坐船跑到菲律賓、泰國或是東南亞什麼地方，待上好幾年。等風平浪靜了，又回到香港，然後又砍人，又逃跑，又好幾年。周而復始，不知道多少次了。

可是太太一直等著先生，沒有想過離開這個讓人沒有安全感，不知道還回不回來，不知道外面有多少個女人的男人。

而且先生每回來一次，太太就替他生 個孩子。

先生居然能夠這樣砍人砍到他砍不動為止，居然還能夠回來香港和她在一起。先生感激太太那樣守著自己，覺得這一生欠她的太多了。便決定餘生必對她好，照顧她一世。

我聽完了故事，禮貌的答了幾句話，便走到一個沒有人的地方，讓那再也守不住的眼淚，奔流而下。

我何嘗沒有這樣照顧你到很老很老的願望？只是，上天總不如人意啊。

晚安。我們在夢中相見。

沙灘上的腳印

　　由於工作的關係，今晚住在一間海邊酒店。回到房間，站在露台上，看到整個麻六甲海峽。海上點點船隻的燈光還有月光照在海面上，那麼美麗，安靜，快樂。

　　這是我和你很多年前住過的酒店。我們當時也選了一間面海的房間，跟現在一樣，只是，現在站在露台的，只剩下我一個人。

　　我走在酒店外面的沙灘上，一個人。沙灘上只剩下一排腳印，淚水便流下來。

　　我不想再說我多想你。你應該每天都聽到我說千百遍了。白天說，晚上說，夢中也說。

　　可是光說沒有用，光想也沒有用，因為我再也見不到你。

　　人們總說，一個人只有在失去一件事物之後，才知道這事物的重要。

　　是啊，你在的時候，一切都那麼理所當然。你理所當然的陪我一生一世，你理所當然的和我一起白頭到老。我理所當然的有時候對你發脾氣，我理所當然的忙自己的事情而不管你，我理所當然的把自己的事情看得比你的重要，因為，我們不是理所當然的還有三、四十年的時間要在一起嗎？

　　原來人類的理所當然是那麼脆弱，脆弱得可以忽然就不再是理所當然了，忽然就翻天覆地了。

我也知道就算我現在對上天怎麼發誓，再讓我跟你在一起，我一定會對你好一百倍，你還是不會再回來的。你就這樣消失了，消失在我的理所當然裡。

　　今夜無浪，無聲，我想你，很想你，親愛的。

還鄉記

　　你有一連三天的假期，我又不用上班，你問我：「要不要跟我回家鄉一趟？」

　　我說：「好啊！」

　　認識你都半年了，第一次去你家，有點緊張，因為不知道你父母對我會有什麼觀感。

　　你說不用擔心，你父母一向來就不太干涉你的生活，而且你只會介紹我是你的房東，好朋友。

　　從吉隆坡到你家大約二百五十公里，我不想坐巴士去，我喜歡騎摩托車，我喜歡你坐在我後面抱著我的感覺。

　　二百五十公里不遠，騎摩托車兩個多小時就到。可是我喜歡這段北上的高速公路，右邊是連綿不斷的高山，左邊不是橡膠園就是油棕園。特別是在清晨，山上還鋪了一層厚厚的雲，涼風撲面而來，感覺很好。

　　我們不趕路，所以慢慢來。一路上不斷的停休息站，買水果，吃東西，上洗手間。

　　你一路上不斷問我：「累不累？要不要換我來騎？」

　　語氣中帶著無盡的關心，窩心之至。

　　我說：「不用。你抱著我，不掉下車就好。要抱緊緊喔。」

　　我們居然用了四個小時才到達你家。

你母親知道我們回來，還很當一回事，準備這準備那的。

我們放下行李，和你父母聊到傍晚，等太陽沒有那麼曬，天氣漸漸涼快了，你帶我去參觀你的家鄉。這個座落在一條大河旁邊的小城是一個州的王城，從你家就可以走到王宮。

我們當然進不了王宮。可是你故意嘆了一口氣說：「要是你認識的是王子就好了。」

我在你頭上狠狠的敲了一下。

然後你很甜蜜的拉著我的手說：「你在我的心目中是國王，比什麼王子都好。」

我笑了，在你頭上輕輕的敲了一下。

我們在河邊散步，吃冰，看人打拳，一直到太陽落了下去。

晚上，你母親準備了很豐盛的晚餐，有自己養的雞，有魚，還有自己種的菜。你妹妹、姊姊都在城裡工作，你弟弟在日本打工。家裡就我們四個人，根本吃不完那麼多的菜。

接下來的兩天裡，我們一日三餐都和你父母一起吃，大家一塊聊天。然後你帶我在你的小城裡四處逛，告訴我哪一間是你念的小學，哪一間是你念的中學，去看那棵百多年樹齡、東南亞最早的橡膠樹，還帶我去看了最高水位線──很多年前發的一場大水幾乎淹沒這個小城，然後市政府便畫了這標誌。

你們家鄉出名的雲吞麵啦，點心啦，海鮮啦，你都帶我一一品嘗。

跟著你三天，我就把你家鄉該看的都看了，該吃的都吃了。

而且這三天裡，你父母都沒有問我什麼敏感問題，對我一直都是客客氣氣的。

然後我們又邊走邊玩，回吉隆坡的家，一樣騎了四個小時。

就因為喜歡你，現在我連這個你長大的小城也喜歡上了。

下次你回鄉，我有時間一定跟你一起。

在烽火連天的日子

其實在這之前我們就吵過很多次架。喔，不是吵架，根本就沒有吵。是冷戰。

我最怕就是冷戰了，比吵架更可怕。吵架還會把事情說出來，冷戰只是開始的時候大家意見不合，然後就見了面也不說話，當對方透明。

其實我們在一起都還不到一年就吵了好多次。是吵了，然後冷戰，然後過幾天，你可憐兮兮的在我面前逛來逛去，雖然不說話，我卻覺得你好可憐，便拉著你的手，先跟你說好話，讓你不要難過，說我是疼你的。你臉色會漸漸的放鬆，然後又現出你可愛的笑容，便一天都亮了。

其實你在附近一個同志朋友家一直租著一個房間。雖然你很少回去住，可是偶爾真的大動肝火的時候，你還是會回去住一兩天。房東一看到你回去，就問你：「是不是又吵架了？」

可是這一次我們鬧大了。

我只是叫你喝過咖啡的杯子不要亂放，馬上去洗，不然又要惹螞蟻了。

你可能上班不太順利，整個晚上都愛睬不睬的。你剛進門的時候其實我是很開心看到你的，還滿腔熱忱的跟你說話，你卻摔了那麼一句話：「讓我靜一靜好不好？」我還真是熱臉貼了冷屁股。

好吧，不說就不說。但我其實心裡很生氣。什麼態度嘛？

你馬上發飆，然後就又開始數我的過錯。說什麼我還不是也一個樣

還提我的拖鞋也沒有放進鞋櫃裡、大門忘記關等等。還說我是不是覺得房子是我的，我就可以隨心所欲，不顧你的感受。說得好像你一直在忍受著我，把我說得一文不值。

我能不發飆嗎？雖然房了是我買的，可是我從來沒有說過你住在這兒就必須聽我的。請不要隨便製造一些罪名釘在我身上好不好。我一直都對你那麼好，順著你，忍著你，遷就你。可是今天看起來好像都是我的不是。

你說：「你沒有錯，都是我的錯。我錯就錯在認識你，還那麼快就搬進來跟你住。」

是啊，終於說出心裡話了——你覺得我們的交往是錯誤的。

我問：「啥意思，是不是要分手？」

「分就分，你以為我沒有了你就活不下去嗎？」

你進房間收拾了一下衣物就離開，狠狠摔門而出。

走吧走吧，你以為我沒你就會死嗎？脾氣那麼差，我還真的慶幸不用再面對你呢。

我就這樣目送你離開，沒有阻攔。

可是你的背影一消失在夜幕裡，我忽然感到一股很強的寂寞感湧了上來，好像你每次離家出走一樣，寂寞充滿了整個房子。

回到房間，沒有了你的聲音，沒有了你的呼吸，沒有人拉著我的手睡覺。房間一下變得很大很空。

可是我躺在床上，雖然有無限的空虛感，卻告訴自己：這個人太難搞了。我寧願回到一個人的生活，也不願意再讓你搞亂我的生命，因為不知道你什麼時候忽然又要大發脾氣一場。

太難搞了，我不要。

你還真的幾天都沒有聯絡我。我知道你在你租的房子那裡，我知道你應該是不會發生什麼事情的。

可是我開始想你。第一天想你。第二天想你。第三天第四天更想你。第五天你沒有來電話，我忍不住就給你房東打電話。他說你還好，就是情緒很差。還問我真的分手嗎？我沒有回答。

第七天你給我電話了，說要過來把所有的東西都搬去你租的地方，從此和我不再有任何瓜葛。然後掛電話。

你晚上來的時候一點笑容都沒有，可是你看起來瘦了，而且很憔悴。

你沒有跟我打招呼，直接要走進房間收拾行李。

我攔在房門口，跟你說：「我們聊聊好嗎？」

你冷冷的說：「還有什麼可以說的？不是都說完了嗎？」

我抱著你，在你耳邊輕輕的說：「不要搬好嗎？我們不要吵架了好不好？」

你開始還掙扎，可是我緊緊的抱著你，眼淚奪眶而出，潸潸流著。然後我不斷的說：「我們不吵架我們不吵架，我們在一起好不好？」

你看見我流淚，你也跟著流淚。一邊流淚一邊說，你根本沒有想過要分手，是看到我這麼多天沒有給你電話，以為我鐵定了心要離開你了。你都哭了一個星期，以為再也沒有希望了，才來收拾的。

我把你抱得更緊，說：「我怎麼捨得離開你？我更不會要你走啊。」

這一晚我又抱著你睡覺，又聽到你的呼吸聲。

遺囑的處理

　　你走的時候，因為走得很匆忙，什麼話也沒有留下。其實我不知道我們到底有多少錢。因為答應了你家人要把一筆錢給他們，所以你走沒有多久，我的魂回來了之後，便開始搞這些我從來沒有經驗的事情。

　　還好你是一個很有系統的人，你總是每三個月就讓我把我所有的資料交給你，如銀行戶頭啦，保險啦，還有你讓我買的不知道什麼股票基金等。

　　我問你幹嘛，你說要算我們的財產。我知道你每次在算錢的時候都會很開心，我便讓你去。

　　就因為這樣，你的電腦裡有了我們所有的資料。我對錢一直沒有概念，我連我自己有多少份保險都不知道，可是你的記錄裡居然寫得清清楚楚，連誰是代理員，對方的電話號碼都有。

　　我一邊查看，一邊流淚，一邊感激你的細心。沒有這些資料，我都不知道從何開始。

　　我帶了你的身分證、死亡證書、公司註冊證明，還有很多很多的文件，跑法院、銀行、公司註冊局、退休金局、保險公司……等等等等。

　　每去一個地方，對方第一個要看的都是你的死亡證明書，我聽到這個詞的時候，心就被撕裂一次。然後他們又問死亡原因，我的心又再撕裂一次。離開的時候，他們又說不好意思，教我自己多多保重，我的心再

撕裂一次。

　我又痛又累，累得每次一回到家就躺在沙發上不願意再起來。

　可是你的事情還是要辦。

　律師朋友説，要搞定所有手續，大約需要一年半的時間。我不知道我
是怎麼走過這些流程，可是我相信你每次都在我身邊陪著我。

　一直陪著我。

　謝謝你那麼愛我。

夢裡不知身是客

雖然你離開已經一段時間了，國外的朋友還是很小心的問我，可不可以把我們的故事寫出來，因為他們覺得這個故事不管是對同志、對愛情、對平權，都有其記載的必須性。

雖然我一生不斷在寫，可是這次我很直接的拒絕了。

我想，主要的原因是，我的魂還沒有真正回來。我的魂還待在和你一起散步、聊天、吃飯，等你下班回來，看你累得躺在沙發上睡去的空間裡。這，才是我的真實世界。大多數時候，你根本沒有離開，我們還在一起生活。我這個時候還需要逗留在這個空間，這個空間才是安全的、快樂的、真實的。

要讓我把你的離開寫下來，其實就是讓我把這個快樂的「現實」打破，讓我重新體驗一次你離開的撕心裂肺。

我做不來。

我知道大家的另一個意思——是時候放下了，是時候往前看了。

我很感激大家的關心，我只是還需要好長的一段時間走這一段路。也許對一些人來說，走出這樣的困境不是什麼大不了的事情，可是我想，同樣的事情，對不同的人來說，應付的方式不同，需要的時間也不同。

其實你還在的時候，當你聊起生死問題，我曾經想過要是你真的比我先走，我會需要多久的時間走出你離開的陰影。我當時很肯定的告訴自

己,三個月。三個月肯定就夠了。

我的性格一直比較爽朗。好像任何事情發生,我最多困惑那麼幾個小時、幾天,然後就過去了。

有一次我跟一個比較熟的朋友聊到至親的人離世的時候,朋友說他不知道要走多久才走出來,我就用有點看不起的語氣說:「有沒有搞錯,生命那麼豐盛、燦爛,哭那麼半個、一個月不就好了嗎?哭那麼久,你瘋了嗎?那麼矯情幹嘛?好好的日子都給浪費了。」

今天,我想告訴那天的我:「我做不到。」因為我真的瘋了,我承認我矯情,誰要用更難聽的話說我,請便吧。我就是做不來。

這就是你的潘潘。我不知道我需要走多久才放下,接受你的離開。我相信等我哭斷了腸,等我淚都流乾了,等我痛得知道不能夠再這樣下去了,那天,就是這段傷痛的盡頭。

可是,今天,我不知道什麼時候是盡頭。因為,你還那麼確確實實的在我身邊對我笑,抱抱我睡覺。

是蝴蝶夢我,還是我夢蝴蝶?當下的我,都搞不清楚了。也許在寫的我,看的你,都只是夢。真是這樣的話,我想,大潘,醒來吧。

慢慢來吧

　　這個清晨裡，我又想起你。我一有空就想你，沒有空的時候，你也總在我腦海裡走來走去，還是對著我微笑的那種。

　　朋友知道我傷痛，連你的名字都不敢提。

　　現在我是連聽到你的名字都熱淚滾滾。我一直告訴自己你不在了，放下，你不在了，放下。可是越想放下越是想你。越想你，越清楚你不在了，你不回來了，這一世都見不到你了，你就這樣丟下我，接下來的路只剩下我自己了。

　　這樣的念頭就在腦子裡不斷的轉，轉到精疲力竭了，便倒頭就睡。

　　國外朋友給我發來了〈走過失去摯愛的五個階段〉的文章，希望對我有用。

　　文章裡把這個過程分五個階段：否認與孤單／憤怒／討價還價／壓抑／接受。

　　只是看這個單子，雖然只有五個階段，可是我覺得好遠、好長啊！

　　是的，我現在是在否認，否認這個現實，否認你不在了，否認我不能夠再跟你一起散步，聊天，給你煮飯。

　　就這麼一級階梯，我就看不到盡頭。

　　文章不斷帶出的訊息是——Take your time.（慢慢來，一步一步走）。

　　我不急，你都不在了，我還有什麼可以急的？

可是我知道我必須走過去，因為也沒有其他的路了。當然我可以像很多人一樣，就抱著你的影子度過下半生。這樣的人我又不是沒有遇到過。身體還在這個世界，魂卻不在了。總是微笑，眼卻總望向遠處，空洞洞的。

　　我真的不想這樣過下去，就必須跨過去。不容易，我知道很不容易。

　　親愛的，你告訴我怎麼走好嗎？

Time to say good-bye.

　　我正在放莎拉布萊曼（Sarah Brightman）的音樂。你本來不太喜歡她的音樂，可是我老放她的歌，沒多久你居然也在車子裡放了她的 CD。

　　這個時候播放的是她的〈Time to Say Good-bye〉。你走了之後，每次聽這首歌，我都會自然而然的掉淚。

　　你離開之後，我問上天到底祂在幹什麼。為什麼是我？

　　那天和艾倫吃飯，她帶了一個朋友過來，居然是認識很久，也很久沒有見面的 H。這才知道，兩年前他和同居了二十年的男朋友一起在廁所換燈泡。男友爬上梯子，他在下面扶著梯子，這是常做的一件事、很柴米油鹽的小事，男友居然一個滑腳，從梯上摔下來，頭部撞在馬桶上，當下就走了。

　　H 抱著男友，當下只知道哭，而且血還像流水一樣，不停的流啊流啊。

　　H 也在問為什麼，為什麼是我？

　　痛嗎？看起來比我更痛得多了。

　　可是比起我在柏林念書的時候，坐在我隔壁的庫德族（Kurds）女孩，我們的遭遇又好像沒有什麼大不了。

　　我對這個大約二十歲的女孩印象很深，因為從來沒有看她笑過。她總是坐在她的座位上，不笑、不說話、不和任何人打招呼。視線總是往前，呆呆的，好像是一個坐在那兒的雕像，一尊沒有魂的雕像。

後來跟同學聊起她，他們說這個女孩原來住在中東某山區一個庫德族小鄉村裡。由於懷疑鄉民庇護叛軍，政府軍開進村裡，把所有人，不管男女老幼，殺了個清光。女孩受傷撲在父母兄弟親戚堆裡，居然活了下來。

　　德國政府收留了她，把她安置在柏林。可是從此她的魂便不在了，每天都這樣呆呆的看著前方。我想，她的魂一定還留在村裡，和父母兄弟一起，每天吃飯聊天，跳舞唱歌。

　　我不是在比較誰比誰悲慘，我在問，為什麼這樣的事情會發生在人類身上，意義何在啊！

　　想你，親愛的。

把我抱緊

　　同住之後，我才發現原來你朋友不多。也許是剛剛回到馬來西亞，也更因為你的性格使然。你在陌生人面前話不多，只是微笑。這樣不善交際的性格，會讓很多人望而怯步。

　　可是你還是在我的同志朋友堆裡，認識了幾個跟你比較合得來的。H是其中一個。H是那種話很多的人，很樂觀，只要自己說得起勁，就不太管到底對方有多少反應。H有一大票朋友，你便把這票朋友也一起認識了，而且你們也比較聊得來，因為你們不喜歡聊比較嚴肅的話題。你們在一起總聊一些八卦的事情。我覺得，只要你們開心，聊什麼都好啦。

　　其實我一直鼓勵你多交一些同志朋友。認識越多同志朋友你會越不覺得自己有什麼「變態」，因為當你們在一起的時候，你們就自然感覺到力量，再也沒有孤單感了。在你們那群體裡，你們才是「正常」的。

　　最初認識你的時候，你說你還是要結婚，我就想讓你結識更多的同志朋友，讓你看看同志群體有多大，同志一樣可以有自己的生活圈子，而在這個同志圈子裡，同志變成大多數，互相支持，走出自己的生命之路。

　　我想，你需要的是這個讓你接受自我的環境。假如我不認識你或者跟你不熟，你真的結婚的話，你就跟千千萬萬個結婚的同志沒有兩樣，過著裡外不是人的生活，一生壓抑。

　　可是我很喜歡你，我希望你快樂，而做一個快樂的人必須誠實。不誠

實的人是快樂不起來的。

我注意到，你開始的時候對一大群同志在一起是感覺不舒服的，因為你的價值觀一直是：同志是「不正常」的。

可是當你漸漸接觸多了，發現其實也沒有什麼，而且這一群誠實的、嘻嘻哈哈的人生活得還滿愉快的。一起去吃飯，一起聊天，一起去KTV，一起看帥哥。

在這群同志朋友中，也有許多對同志伴侶。我想，他們對你也影響滿大的。你看到同志原來可以跟自己心愛的人一起，可以踏踏實實的生活，可以愛護對方，可以天天一起買菜做飯，可以柴米油鹽的過日子。我想，你是喜歡的。你喜歡在辛苦上班之後，可以回到一個誠實的地方，開開心心的做自己，踏踏實實的過日子。

記得有一次聽到你跟那群同志朋友在聊同志跟異性結婚這回事，每個人的表情都是：有沒有搞錯？這個人是不是「變態」？可怕喔！

H 說的最直接：「我去跳樓算了。」

你只是在笑，沒有說話。我想，你是認同的。你也知道不應該坑害一個無知女生，你現在更明白，你需要付出的代價是你一生的幸福。

那天晚上，你把我抱得特別緊，我想我明白原因何在。

吵架的理論

我們在一起的二年多來好像都是在吵架、分手、又復合，然後又吵架、又分手、又回到一起。我發現我們一直在轉圈子。

一個很熟的朋友問：「你們不累嗎？」

累。非常累。累得很多時候不想再走下去了。

我想，也許是我們自小就很獨立的關係。我們從小到大都必須自己作決定，自己管理生活中一切大小事情，也沒有人告訴我們怎麼做，我們也平平安安的走到今天。所以，我們都對別人干涉我們的生活，教我們怎麼樣做人做事，會有很大的反感。

你來了，我就有這樣的感覺。你老是覺得我這個做不好、那個做不好。我便不由得生氣。雖然你說你只是就事論事，但我就是覺得你看不起我，覺得你什麼都比我厲害，而且認為我非得聽你的不可。

可是，你是誰？我一生都沒有誰告訴我要怎麼生活，還不是好好的活到今天？你一來了就說三道四的，樣樣事情都要管著我，我能不生氣嗎？我也是一個有自尊的人。

就算我有些事情做錯了，可是誰沒有錯？你沒有嗎？不要跟我說你沒有。要不要我數給你看看？

我想還是不要數吧。我都麻木了。我現在真的覺得我們在一起是錯誤的。老是這樣吵架，這樣互相傷害，有意思嗎？

我們不斷的在互相傷害，然後分開，又在一起，又分開，又在一起，又分開，又在一起。

不到一個月吵一次，再長的和平也不過三個月。小吵還好，最多難受幾天。大吵就辛苦了，要僵持一個星期。

我受不了了。這樣的日子，讓我的情緒起伏太大。我的重心變成了你，生命裡其他的事情都極度受干擾，工作啦、朋友啦、家人啦，都沒有辦法掌握了。

我不知道怎麼走下去。

其實，你的情況還不是和我一樣？你也不見得比我好過，也極度影響你的工作。常常變得情緒低落，人也很憔悴。

我不是不想跟你在一起，而是很想。我如果不想，我如果不是真的很喜歡你，我一早就放棄了，也不用這樣糾纏了二年多。

想想，我還真的不知道喜歡你什麼。和你相處那麼困難，那麼受傷，每次分手那麼痛，我真的不知道為什麼我還不斷跟你糾纏。

你真的不適合我，我也應該不是你想要的人。我們都清楚這一點，可是什麼讓我們不放手？

我不知道，我想你大概也不知道。

不過，我想這些都不重要了。你都搬出去了。我想我也不會再像以前那樣勸你回來。

我知道分手很痛，我現在就很痛了，痛得我連氣都喘不上。我想你，非常想你。想你的笑容，想你的溫柔，想你的好。

可是我對自己說過，我這一生不會再跟你在一起，我向天發誓。

我們就放彼此一條生路吧。

沒有好壞的分手

分手容易嗎？至少對我來說是不容易的。

跟你在一起那麼久，好像都是不斷的離離合合，每次分手都感覺那股撕裂的痛，就像把一顆心撕成兩半，痛不欲生。

我是不想跟你吵架的，因為我知道一吵架就總是沒完沒了，就是痛。可是我就是控制不了，氣一來了，便好像火山爆發，擋也擋不著。所有之前的怨氣一下子全都灑出來了。

我說了難聽的話，你也說一些讓我沒有轉彎餘地的言語。最後那句話總是分手。

我們應該分手嗎？

我們那麼喜歡對方，希望跟對方在一起，希望一生一世。理論上我們應該活得很開心，快快樂樂的在一起。

可是我們經歷的卻不是這樣。我們不斷的傷害對方，我們不斷的讓自己、讓對方喘不過氣來。

這不是生活，因為生活該是燦爛的。這像在地獄。我們兩個都想往外爬，卻只要在一塊，就會一起掉回到地獄裡去。

這樣的生命，這樣的關係，值得繼續嗎？

我們當然也有快樂的時候。每次分手之後再在一起，那個時候是很快樂的。那個時候就像在天堂。

可是天堂總待不久，很快的又開始吵架，又掉進地獄去。

這樣的周而復始，我很累，你也是。可我們就是找不到出路。看起來好像只有永遠分開這條路了。

不是我不夠喜歡你，只是我想繼續好好活下去。

家人來訪

今天三哥和三嫂來找我。

你離開之後，我們是第一次見面。你的葬禮他們有事情來不了，可是他孩子能夠來的都到了。

我知道他們來的目的是安慰我，也讓我知道他們是關心我的。

雖然我們在一起的日子裡，他們從來沒有提起同志這個詞，可是大家都知道我們的關係。我們住一起那麼久了，怎麼可能不知道？

就好像很多來訪的朋友，大家分別說了一些類似的安慰的話，比如說看開點、人死不能復生、你也不希望我那麼悲傷之類的。

我其實很感激大家的善意，可是我也知道，這個傷痛必須由我自己一個人面對。不管大家怎麼安慰，多麼多的善意，能夠減少的傷痛還是不多。而且，到了最後，大家漸漸習慣我的傷痛了，大家必須回到自己的生活了，大家也還有很多很多自己的困境需要面對。

那一刻，才是自我療傷的開始，那一刻，才是巨大的寂寞感開始的時候。我感覺被寂寞淹沒的窒息，想大大的吸一口氣，可是什麼也沒有進來。白天工作的時候還好，晚上的窒息感就更重了。更貼切一點，你是我的空氣，你不在了，我便將窒息而死。

有那麼幾次，我希望上天從來沒有讓我們認識，那我就不會這麼痛了。可是我馬上告訴自己，不可以，不可以，沒有認識你，我這一生就是白

活了。因為沒有了你，我就不知道什麼是生死相許，我就不知道我可以把自己的一生交給一個人，我就不知道我可以為一個人放棄這個世界，放下所有人的眼光。

　　原來你一直都是我的空氣，我卻要到失去你了才知道。

那些 KTV 的日子

　　開始去 KTV 是你離開三個月之後。我不是喜歡熱鬧的人，我也不喜歡唱歌。去是因為朋友們覺得我不能夠老是窩在家裡，這樣對我的情緒不好。

　　這，我當然知道。你本來就是我的世界，你去了，我的世界便垮了。我的世界便只剩下我自己一個人。一個人，便太容易胡思亂想了。

　　而人類是群居動物，在群體裡，人類感覺安全，沒有了孤單感。其實深入探討下去，這不就是人類逃避寂寞的一種方式嗎？寂寞對群居的人類是有殺傷力的。寂寞容易讓一個人進入憂鬱的狀況。

　　所以，雖然你我都不喜歡熱鬧，我還是去了，去了這個音樂轟得我連坐在旁邊的人大聲喊話都聽不到的地方。唱的人很努力，可是真正悅耳的不多。應該聽的聽眾都沒有在聽，在玩手機，在互相說著連自己都聽不清的話。可是唱的人依然唱得陶醉。然後大家拚命喝酒、抽菸。

　　看著這樣的情景，我想，我和大家一樣，在逃避什麼？

　　來的人會說，沒有啊，我在享受。

　　享受？享受什麼？享受沒有寂寞感？享受在鬧哄哄的環境裡的安全感？

　　我想，最少我當下是。我害怕寂寞孤單（有多少個人不是？），你的離開讓這個寂寞感忽然飆升，而且強烈得讓我呼吸困難。

我把自己融化在這吵吵鬧鬧的環境，這個對生命成長沒有什麼營養的地方，為的是我沒有辦法面對寂寞，沒有辦法面對自己。

　　可是我還是不斷去 KTV，原因是我太習慣和你在一起了。

背影

　　前幾天散步的時候，忽然看到一個背影很像你，穿著你平時很喜歡，穿起來很帥氣的藍色長袖西服，還背了一個你常常背的包包，就在馬路對面不遠處，拖著疲倦的步伐經過。

　　他背著我，我看不到他的臉。可是那一刻，我很肯定就是你。你還在，原來你沒有走。

　　我全身在顫抖，有一股麻麻的感覺透遍全身，眼淚便失控地狂灑下來。

　　你真的還在，我原來沒有失去你。雖然我沒有看到你的臉，可是我很肯定就是你。

　　你不在了，因為那天我是看著他們把你送進焚化爐，我知道你的身體不在了。可是，宇宙那麼大，誰說得準什麼事情不可能發生。可能你不知道怎麼樣就回來了，可能火化的不是你，可能之前的都是夢，可能你失憶了，可能上天可憐我，把你送回來了。

　　我加快了腳步趕上你，因為我知道我不能夠失去這個再見你的機會。就算是萬分之一的可能性，我也不能夠放棄。

　　可是，越接近你，越發現不像你。這個人比你胖，身材沒有你那麼好看，而且踏步的時候沒有你的堅定。你就算疲倦，步伐還是明快的，不是拖著走的。你的衣服總是整整齊齊，因為你上班衣服是我替你燙的。你平時是整齊到連內褲都要我燙過你才肯穿。可是前面這個人沒有你的

一絲不苟。

　　再往前一點，發現他背的包跟你的也不一樣。你背的是一個真皮的包包，而且是背了好長一段時間，我從很遠就可以認出來。可是，也許你換了包包吧？

　　再往前一些，發現頭髮也不對。你的頭髮很濃密很挺。我平時就喜歡摸你的頭髮，感覺你圓圓的頭型，讓你的頭髮在我的指間掃過。你總是把髮型剪得很樸實，很好看。可是前面這個人不是。

　　當我離這個人還有大約十公尺時，我就知道他不是你了。可是我還是越過他，然後回頭看看這個像你的人。所謂像你，其實也不過是在一段距離裡，背影有點像。

　　這個拖著疲倦步伐的人，不過是個普通的、趕著回家的上班族。

　　我停下來，讓對方超前。看著他消失在轉彎處的背影，淚如雨下。

同志與宗教

　　我受邀去一間新聞學院講同志話題。本來約了你一起去吃飯,結果你教我去講座,說吃飯的時間多得是,不急。

　　去了才知道是一個辯論會,出席的還有基督教、佛教、道家等宗教團體。我和另一個朋友是代表同志團體。

　　我不喜歡以同志話題作辯論題目,我覺得是對同志的一種侮辱。因為我看不出這個話題有什麼值得辯論的。而且當我們說「辯論」的時候,就表示是有錯誤的因素存在。而我覺得這樣的辯論對同志除了歧視之外,意義並不大。

　　可是好像馬來西亞同志團體一向以來的立場 —— 我們不出席,就沒有發聲的機會,那麼出席的學生就只聽到一面倒的看法。而這批學生將是往後主宰馬來西亞新聞界的其中一部分。所以,我們應該去,應該發聲。

　　佛教、道家在這個話題上比較模稜兩可,對同志沒有太大的攻擊性。言語上最具攻擊性的是基督教的牧師。他引用聖經上的典故,大肆攻擊同志,用上了比如「罪惡」、「地獄」、「違反天性」、「變態」、「不可饒恕」等詞句。

　　從同志團體的角度,我一一回應了其他演講者的看法。我談論時幾乎都跳過了宗教這個角度,因為我覺得宗教牽涉信仰,完全是信與不信的問題。

我覺得這樣一個學術話題，還是從心理學、生理學、人類行為學、歷史文化等角度探討比較恰當。

我最後特別針對基督教牧師的談話說了一些重話──假如就因為同志群體那麼小，聲音那麼弱勢，牧師就認為可以用那麼重的話來打壓、侮辱同志，那麼在馬來西亞這樣一個以回教占百分之六十五，而基督教大約只占百分之五的國家，回教徒也一樣可以用「魔鬼」、「下地獄」等字眼來侮辱基督教徒，因為在回教徒眼裡，只有阿拉才是唯一的真神。

假如牧師認為所有與他宗教不相符合的就是魔鬼，那麼為什麼牧師不在報章上、電視上以及上街示威，說回教徒是魔鬼？我保證第二天牧師就讓回教徒打下地獄了。

在馬來西亞，我當然相信牧師不會愚蠢到這個地步。那麼，問題又來了，為什麼牧師不敢向其他與他宗教教義不同的宗教叫囂，卻來打壓一個沒有發聲能力的小群體？這不叫「撿軟的吃」，還能夠叫什麼？牧師的道德、道義，去了哪裡？

用那麼狠毒的字眼形容一個小團體，我想知道，耶穌不斷強調的「愛」，去了哪裡？

（後記：我所說的不針對任何宗教，只針對該牧師當時的言論。）

你母親的電話

　　你母親前幾天來電話了，問我什麼時候可以把錢匯給她。我跟她說，遺產手續還沒有辦好，沒有這麼快拿到錢，還需要等上一段時間。

　　然後我又說，我上次給了他們律師的電話，他們可以給律師撥個電話問問，我想律師的時間表應該比較正確。

　　你母親帶著不相信的語氣放下電話。我知道你家人還是有點不放心，不相信我會把我答應的錢給他們。偶爾會撥個電話問起這件事情。雖然我跟他們說了一個時間表，可是看起來這個時間表對他們是沒有意義的。

　　就好像我之前說的，我不怪他們。鄉下的大叔大媽嘛，孩子去世了，是會恐慌的。恐慌以後沒有了孩子每個月給的錢，往後日子怎麼過下去。

　　我雖然三番兩次的跟他們保證，會把這筆錢給他們，可是也許聽過太多這樣回頭不認人的故事，所以，能夠抓著一些錢是他們最後的安慰。

　　雖然，我跟你在一起將近十八年，可是看起來我都還不算家人。

　　可是我不怪他們。他們只是我們社會的一個縮影。我們的社會不就什麼都往錢看嗎？親情在錢的面前不重要了。

　　我在想，這樣的價值觀，快樂嗎？生命豐盛嗎？沒有信任的生活環境，不是很鬱悶，很寂寞嗎？

　　所有物質的最終作用，不就是為人類帶來喜悅，平和嗎？可是這樣的價值觀，怎麼可能和喜悅、平和掛上鉤？

我很開心我認識的你不是這樣的。你對人總是那麼友善、慷慨，自己卻過得簡簡單單。不管我們的收入多少，你都一樣樸樸實實的過日子。

　　你說的，生命快樂最重要，錢多錢少不是問題。

　　就因為這樣，你讓我更加捨不得對你放手。

　　晚安，親愛的。

本來無一物，何處惹塵埃

你走了之後，我一直在思考。思考我的傷心難過來自什麼地方。

也許對很多人來說，這個時候說這樣的話題太怪了吧。人才去世多久，就那麼學究式的探討自己的情緒，是不是有點反常？

可是你我都習慣了思考，而不是讓情緒帶著自己走。思考了，才知道情緒來源。知道情緒來源，才知道怎麼面對，怎麼走過去。

你我都不想我讓悲情拖垮一生，我也希望接下來沒有你的一生繼續燦爛。

就好像我們一直認同的，一個人的情緒不來源於外在；不是因為外在發生什麼事情，才造成我情緒的變化。

我的情緒幾乎都源於我的價值觀。不管是悲傷難過，不管是快樂喜悅。

而價值觀源於我們的成長過程，我們的學校、社會、家庭的教育。什麼是快樂的、悲哀的，都讓這經驗牢牢的套著。

現在的問題是，我為什麼對你的離去那麼傷痛？

我想，是因為我們在一起太久了，這將近十八年來我習慣了有你在身邊，颱風下雨，生命的起起落落，不管我身邊發生什麼事情，都有你在身邊。一起走過快樂，走過傷痛。你在我身邊是那麼的理所當然，理所當然到我有時候會忽略掉你的存在，你的價值。

你的存在，讓我感覺極度安全。

你一走，我才發現我居然不能習慣沒有你在身邊了。我快樂的時候誰跟我分享？我傷痛的時候誰替我分擔？我睡覺的時候，誰抱抱我讓我感覺安全？我在生命中跌了一跤，誰來安慰我？

我開始是害怕，害怕我自己一個人怎麼活下去，害怕我怎麼面對排山倒海而來的寂寞感。

原來自從有了你之後，我就不曾真正的獨立過，最少情緒上是不獨立的。我在情緒上是那麼的依靠著你，你在，我就感覺安全，你不在，我就驚慌失措。

也許有人說，不對不對，這一切的傷痛都是因為愛情。

因為愛情？他的去世，你的傷痛，我看不到跟愛不愛有什麼關係。

假如我們愛一個人，而我們又相信他離開了是到一個更美好的世界，那麼幹嘛傷心？你的愛，他的離開，跟你的傷心根本就扯不上關係。

想想，是不是跟我們習慣了這個人，跟我們害怕寂寞，跟我們不能夠情感獨立，更加有關？

最少我是。

從前我習慣有你，現在應該是我習慣沒有你的時候了。

親愛的，要等你走了，我才知道情感上是多麼依賴著你，而且還會繼續很久很久，直到我能夠重新活出自己來。

分手

數數日子，我們居然分開了三個月。

真的覺得不可思議。你剛剛離開的時候我都不知道怎麼走下去。我很想你，很想抱抱你，抱抱你的感覺很溫暖。很想看到你的笑，因為你的笑總讓我陶醉，讓我心花怒放。很想繼續被你拉著我的手睡覺，整個晚上都不放開。

我很多次都想給你撥個電話求你回來，可是我終究都沒有這樣做。因為我問自己：「回來了之後又怎麼樣？繼續兜圈子？」

我不想，便放下了電話。

家裡沒有了你，冷冷清清的。我後來把房間租給了兩對年輕的同志伴侶，雖然熱鬧了，人來人往了，可是沒有你的感覺就是不同。

家現在對我來說只是一個睡覺的地方，我再也沒有太大的衝動回去了，因為沒有了你的溫暖感。

我幾乎就把這間房子交給了那兩對同志伴侶，兩對很相愛的伴侶，最少比我們好多了。他們不吵架，就算小吵也很快就過去。

他們時常在我們家辦聚餐，總是來了一大群同志，幾乎每個週末都有一次這樣的聚餐會。

我覺得這樣很好，讓同志可以分享生活，分享資訊。

有一次我下班回到家，剛好他們又在聚餐，我才一開門，就有一個來

參加聚餐的年輕人問我：「找誰？」

他以為我也是來聚餐的。

能夠創造一個舒適的同志環境讓我很開心。其實我沒有做太多的事情，只是提供一個場所，都是這些朋友在幫忙。

每次看到有同志從這裡離開的時候，變得更開心、更自信，我就覺得很開心。

你也來過好幾次這樣的聚餐，是其他朋友邀你一起來的。邀請你的朋友知道你會感覺尷尬，便讓我親自給你打電話。那時你已經離開一個多月了，大家也漸漸習慣分開，通電話的時候也變得客客氣氣的。

你來了，那是我在你離開之後第一次見到你。看到你，我有點緊張得發顫。

我客氣的和你及你朋友打招呼，然後假裝不經意的繼續和其他朋友聊天。

你在這群朋友中也認識很多人，所以迅速的融入了。其實大家都知道我們的關係，大家也知道這個話題不能提起。

我整個晚上都在偷偷瞄你，發現你又瘦了。雖然你還笑著，可是已經沒有了從前的燦爛。你還是說話不多，大多數時候都是在聽別人說話。因為聚餐人多，分了好幾個聊天小群體，你好像總是有意無意的避開和我同一個小組。

我不知道你再回來這個房子的感覺怎麼樣，可是我心裡總有一股酸酸的感覺，有點喘不過氣。

聚餐上，我還是找到一個機會跟你獨自聊了幾句。我禮貌的問你最近還好嗎。你笑一笑，說：「很好。」

可是我從你的話語中感覺不到那種「好」的燦爛，我覺得你不是真正的好，可是我又知道你的不好是我造成的，就更加不能夠再問下去了。

　　那一刻，我多麼想抱抱你，求你留下來，再回到我們快樂的過去，繼續讓我保護你，愛護你。

　　我沒有這樣做，我知道這樣是不理智的，而且雖然你我都沒有完全走出分手的傷痛，可是我們都會慢慢好起來的。

　　我們不能夠再掉進那個洞洞裡了。

　　客人散去，我站在門口送你和他們離開，看著你慢慢消失在夜幕中。

　　那個晚上，我哭了。

回來就好

　　這次的聚餐，是在你離開之後半年。我們這兒雖然幾乎每個星期都有聚餐，你也不會每次都來，只是偶爾過來。可是我是喜歡看到你的。你來了，那個晚上我會很開心。你走的時候，我總是很失落，感覺好像忽然不見了什麼重要的東西，心裡就是不舒服。

　　你走了之後，有朋友很熱心的給我介紹新朋友，可是我就是找不回和你一起的那種舒服的感覺。

　　我知道你也是。我偶爾會偷偷的給你身邊的朋友打電話問起你，他們說你一直單身。我聽到之後是又開心又難過，開心是你一直守在那兒，難過是你還是那麼孤單，誰來照顧你？誰在你晚上踢被子的時候給你重新蓋被？誰說笑話讓你開心？

　　親愛的，是時候放下了。還守著一個讓你那麼不快樂的人幹嘛？

　　你這次來聚餐的時候，我是當作一次普通見面，沒有什麼其他的想法。一直到你把我拉一邊，說有話要告訴我，我還以為是什麼開心的事。

　　你這次很冷靜，看著我，然後吐出幾個讓我吃驚的字：「我有癌症。」

　　你說你前一個星期做體檢的時候檢查出來，是鼻癌。還好是初期，應該不是很嚴重。

　　可是我聽到「癌症」兩個字就呆了。我開始還意會不到你在說什麼，可是真正理解這兩個字後面的意義的時候，我忽然不知道應該怎麼反應，

怎麼做才好。

　　你說完了，笑一笑說：「沒有問題的，我可以應付得了。大不了會死，可是生死也沒有什麼大不了。」

　　然後你轉身去和其他朋友聊天，好像什麼都沒有發生過。

　　直到你離開，我目送你消失在夜幕裡。

　　那一夜，我躺在床上很久很久都睡不著。

　　我一直忍到第二天早上，你上班，你忙，你下班，我才撥了電話給你。

　　我說：「你回來好嗎？讓我照顧你吧。」

　　你說：「回去幹嘛？又吵架嗎？而且我可以自己照顧自己，不需要別人同情。」

　　我哭了。我說：「我不是別人，我也不是同情你。我就想照顧你。我下次不跟你吵架，我遷就你。你要怎麼樣就怎麼樣，我不生氣。」

　　你沒有出聲，我繼續哭，就是停不下來。

　　我們都沒有說話，就這樣握著電話，我知道你一定也在流淚，你每次看到我傷心，你也總是忍不住。

　　過了一會，你說你需要考慮一下，就把電話掛了。

　　我馬上再撥通電話，說：「不要掛電話，答應我回來好嗎？你這樣我會很難過的。」

　　你說你真的需要想一想，讓我給你時間，然後又掛了電話。

　　我沒有再撥電話，眼淚卻還是一直湧出來。

　　你一直等到第二天早上才給我電話，告訴我你會回來。可是假如還會吵架你就馬上搬，再也不回來了。

　　我說：「OK，OK。」

我真的很高興你回來，馬上把房間收拾好，把應該給你騰出來的地方都騰出來了。還通知了那兩對在我們家住的同志伴侶，可是沒有告訴他們你生病的事。其中一個説，他看我們這些日子的來往，就知道我們遲早會復合。

　　我沒有解釋。你回來就好。

　　真的，其他都不重要，你回來就好。

重見 Ricci

　　昨天就來了普吉島，為了見 Ricci 一家三口。Ricci 是我認識的老外朋友中你最熟的。我們看著他跟 Ester 結婚，看著 Thomas 出生，成長。

　　他們特別從瑞士飛來普吉島，為的就是想見見面。這行程是你去世之前就定下來的。我想，他們不來馬來西亞見我也好，最少不會那麼傷感。

　　雖然通過很多次電話，可是見面了還是安慰一番。當然，我們聊天的主題一直都是你。聊他們剛剛認識你的時候，你那傻乎乎的樣子。聊起他們的孩子 Thomas 多麼喜歡你。還有上次我們到瑞士參加他太太 Ester 的五十歲生日慶賀，還有每次在馬來西亞見面，我們都帶他們去吃海鮮。記得有一次你叫了很貴的，我們都捨不得吃的象拔蚌，Ricci 居然說：「好像在吃輪胎，還是甜酸蝦仁好吃。」

　　我好幾次都幾乎掉淚，可是我不想把情況搞得很傷感，所以都忍住了。

　　你是一個很好的好人，很少人會不喜歡你。你願意跟我在一起是我的幸運，所以你老是開玩笑，說和我比較起來，我好很多，是運氣好很多。

　　我們和他們兩個家庭都在不斷的互相學習、互相成長。同志議題、文化差異還有飲食，都是我們常常分享、交流的話題。你最喜歡聊吃的，所以我們在蘇黎世的時候，他們便帶我們到處找吃的。他們從歐洲打開了我們的視野，我們也替他們打開了亞洲的大門。

　　他們會懷念你的，而且會很長很長的一段時間。

遺物

你離開都六個月了，我還沒有真正處理過你的東西。

你的衣服仍然掛在衣櫥同一個位置上，你的內褲還是一樣擺在我的內褲旁邊，好像你活著的時候那樣陪伴著我，不離不棄。

你的牙刷雖然積了一些灰塵，但仍跟我的擺在同一個杯子裡。你的牙刷是綠色，我的是藍色。每次刷牙，你的牙刷總觸動我的神經，然後眼淚便嘩啦嘩啦的流了下來。

你每天穿上班的皮鞋、運動的球鞋，一樣擺在我們的鞋櫃裡，我出門的時候，總逃不過它們的眼睛，它們總牢牢的盯著我。有時候沒有回過神來，還奇怪你為什麼那麼久沒有刷鞋子，都積塵了。

連你平時用的洗髮液都靜靜的躺在同一個地方，每次我洗澡的時候都目不轉睛的瞪著我，我也瞪著它。

你的私家茶杯還是一樣，排在我的杯子旁邊，每次到廚房拿杯子時，它總讓我看到你的影子，看到你在廚房煮飯、洗碗或是閒話家常。

還有你喜歡躺在上面看電視的沙發，仍然發出淡淡的體香。我便喜歡躺在同一個位置，去感覺你的存在。

其實，家裡有哪一樣東西沒有你的影子？浴室裡掛著的毛巾、我們一起選的窗簾、書房裡你看過的書、常常玩電子遊戲的電腦、你用過的碗，還有你疲倦了就躺下來休息的單人床，每一樣都有，都是我們共同擁有

的。這些東西大多數都是我們從舊家搬過來的，都是你用過無數次的，有的已經年數不少了。

朋友勸我把你的東西都送出去，這樣留著是拖著我的生命，讓我走不出這個困境。我知道朋友是好意，所以我謝謝對方。可是我總認為我是做不來的。你人不在了，我現在還可以依靠著的，就只有這些讓我感覺到你存在的東西。放棄？我想，讓我放棄自己的生命也許更容易吧。

唯一我從一開始就送出去的是你的照片。假如還有人比我更痛苦的話，那就是你父母，所以我把所有有你的照片，都從相簿裡抽出來，整理好之後送給你父母。我們用數位相機拍下來的照片，也製作了一份光碟給他們。記得我們第一次一起去旅行的絲綢之路的照片嗎？我送給了他們。還有我們到澳洲自助駕遊的照片，也給了他們。我知道他們比我更需要這些照片。

其實，我也不看這些照片的。因為這些照片會讓我更想你，更讓我喘不過氣來。我只在錢夾裡放了一張很小的，那張你笑得很燦爛的單人照。可是我盡量不去看，只有真的很想很想你的時候才掏出來，然後總是不小心淚灑成河。

一直到昨天，我才決定清理你的東西。因為不清理你的遺物，我便走不出你的陰影。

我把你所有東西，包括衣服、鞋子、書本、你用過的碗碟，都送到慈濟回收站。

回家後，對著忽然變得很空洞的房子，還是不能自制的淚流成河。

那麼痛，卻又必須去做的事情。但是請繼續陪著我吧，送走你的東西不等於忘記你。我想我一生都不會。

活在過去的人們

　　在美國教書的 CL，帶著一位在另一間大學教書的大媽來找我。CL 介紹這個朋友的原因，是這個大學教授在好幾年前丈夫去世，她也走過很困難的一段日子。每天早上，她會跟放在枕邊的丈夫照片說早安，吃早餐時會和他聊天，晚餐也放了他的餐具，睡覺前也會談談今天學校發生了什麼事情，然後道了晚安才睡覺。

　　一切好像跟他沒有走的時候一樣，最少在她的意識中，他還是在的。

　　這樣生活了五年，有一天她發現這根本就只是活在過去，活在一個不存在的、自己創造的空間，而不是真正的活著。那一刻開始，她把他的東西全部收拾起來，然後都送了出去。她最後一次跟他說話就是告訴他，她必須放手，開始真正過一個人的生活了。

　　見到她的時候，我們當然聊了她的心路，從撕心裂肺的痛，到好像僵屍一樣活在過去，然後放手。

　　我想，每個人放手的時間都不同。有的當天就敲鑼打鼓的慶祝起來（我懷疑，這樣的表現有多少的愛存在），有的一個月，有的一年，有的好多好多年，有的居然用了一生。

　　我當然不會說誰比較好，這只是價值觀的問題。可是越是放不下，越不能夠活在當下，那就沒有真正的活過了。假如這樣也算活著，充其量也只是活在過去，而感知不到當下。

我希望我不會用那麼久去接受你的不在，可是當下我是做不到的。我也不知道需要多久，我想，就隨緣吧。時間到了，準備好了，我便能接受了。

　　可是，當下我不可以。當下我還是那麼想你，瘋狂的想你。

　　親愛的，晚安。

養病

你搬回來一段日子了，我們一直相安無事。不對，應該是過得很甜蜜，很相愛。

確診癌症之後，你就打算辭職，我也認同，因為你需要養病。工作壓力始終存在，而且有時候很大，壓力對癌症病人是不好的。

雖然你領了一筆保險金，你還是擔心錢的問題。我叫你不用擔心，我在上班，雖然收入不是很優厚，可是簡簡單單就夠我們用了。你的錢就拿來付醫藥費就好，餘下的錢你可以存起來，有什麼事情還可以作後備。

我們分開之前，我就在銀行給你申請了一張附屬信用卡，我一直都留著，你可以繼續用。家裡的花費也不需要你擔心，用不了太多錢。

你去做電療的時候，我有時間都盡量陪你一起去。我用摩托車載你到醫院，然後在醫院陪你到離開為止。你特別喜歡我載你，你又可以在路上抱著我，在車龍裡穿來插去。

每次做了電療，你的心情都特別不好，這是電療的副作用，你事前就告訴了我。我說沒有問題，我明白。所以那段日子裡，我都盡量不惹你生氣，你不說話我就順著你；你黑沉著臉，我也理解你。

有時候你心情特別差，覺得前路漫漫，病情不知道會不會惡化，會不會好不了。我就拉著你的手，說：「不會的，會好起來的。而且不管發生什麼事情我都在你身邊，不離不棄。」你聽了總是不說話，卻讓我

直拉著你的手很久很久。

　　你生病的事情一直沒有告訴家人，你覺得說了只是讓他們多擔心，也於事無補。我想也是。特別是你父母，一定擔心得要命，一定又去給你燒香拜佛。在你治療期間，我們也回過你的家鄉，你始終什麼都沒說，連沒有上班都不曾告訴他們。

　　飲食方面我們也特別小心，盡量不吃肉，而且還訂購了有機蔬菜。你有時間便學習如何把有機菜做得健康又好吃。你還種了小麥草，然後榨超難喝的小麥草汁，有時候也逼我陪你一起喝，而且還要看到我喝下去了，你才肯喝。我只有瞇起眼睛一口氣喝下去，每次都覺得難喝到想吐，喝了那麼久都沒有習慣下來。

　　你還到我們家附近的公園學氣功。每個星期天的早上，都有師父免費教癌症病人學氣功。我只要不上班就陪你。你不斷的左右左右，吸吸呼吸吸呼的，我在旁邊慢慢散步，看花看樹看人。你嘗試教過我很多次，我一直學不會，後來連你都放棄教我了。你繼續你的吸吸呼吸吸呼，我繼續我的散步。等你吸吸呼完畢了，我們就繼續散步聊天，直到你肚子餓了，我們才去吃早餐。

　　親愛的，只要你有需要，我就這樣一直陪著你。你走多遠我就走多遠。

第一個沒有你的春節

再過不久，就是午夜十二點，外面將到處是燦爛的煙火，還有爆竹的喧鬧。春節又到了，這是第一個沒有你的春節。

假如你沒有走的話，我們現在一定在電話裡聊天，聊你家裡的事、聊我家裡的事，因為我們都習慣了在春節時我必須上班，而你回家鄉跟家人、朋友、舊同學一起。我們會不斷的發短訊，打電話給對方，告訴對方自己的狀況，例如吃了什麼東西、遇到了誰、有沒有下雨、路上是不是很塞車……

可是才過年初二，我們又迫不及待的趕回我們兩個人在吉隆坡的家。見到對方時，就好像隔了一個世紀一樣，好興奮，好幸福。

今年沒有你了。接下來的春節也不會再有你。第一個沒有你的春節總是最難的。

這一個春節我沒有回家鄉，選擇留在我們的家，自己一個人過。大妹問我要不要跟他們一起回鄉，我拒絕了。他們其實還滿擔心的。

不回家鄉的另一個原因，是我的母親在你離開之前十個月也去世了。說起來也很湊巧，認識你那一年我父親去世，而我母親去世不到一年你也離開了。所以我的父母都不在了，回家鄉的意義就不大了。

我現在在為了沒有你的春節而難過，而外面已經開始的煙火爆竹，和我好像是互相觸不到的兩個世界。

其實你離開之後，每一個節日對我來說都不容易，因為都是第一個沒有你的節日。第一個沒有你的中秋節、耶誕節、八月國慶、一月一日元旦，還有我的生日、你的生日、我們一起的周年慶……。

　　我想，這就是所謂的「人逢佳節倍思親」吧！

　　我希望接下來的第二個、第三個、第四個這樣的節日裡，我不會像今天這樣傷心，因為我答應自己必須往前看，因為我相信自己會找出一條出路，讓生命重新活過來。

　　可是在這個第一個沒有你的春節裡，我做不到。我還是一樣瘋狂的想念你。

　　就讓大鐘敲十二下的時候，我們一起看煙火吧！我想，煙火還是會和往年一樣燦爛的。

到台灣去

　　剛剛從台灣回來，去了十天。這是你離開之後，我第一次離開馬來西亞，離開我們的家。所以，上飛機那一刻，我是流著眼淚走的。

　　記得你在的時候，除了出差，我從來沒有一次獨自離開馬來西亞。每次出去旅遊，我們總是一起，有時候你還把家人也帶上。

　　記得那次我們帶你全家一起去上海嗎？雖然我只是想兩個人一起，可是看到你和家人一起玩得那麼開心，我也就沒說什麼了。就因為你開心，而你的開心對我來說是最重要的。

　　我選台灣的其中一個原因是，這是一個你從來沒有來過的地方。你沒來過，我便不會在台灣看到你的背影。我們一起在這個地球上留下的足跡很多，可是你卻從來沒有來過台灣。每次說要去台灣，總是有些事情發生，結果去不成。

　　可是離開馬來西亞、離開你，對我來說還是很不容易。上飛機那一刻，我就覺得我們距離越來越遠，我再也感覺不到你了。那一刻，我有多害怕、多傷心，甚至想轉頭回到候機室。

　　可是我知道，我不踏出這一步，我一生便再也活不出自己來。

　　從上次來台灣到現在都好幾年了，台灣還是沒有變，還是一樣親切、一樣友善、一樣乾淨。雖然台灣食物不是那麼對胃口，可是我還是覺得台灣是一個很適合居住的地方，特別是對於會說中文的人來說。

台北還是熙來攘往，人們都很勤勞的工作，晚上十點了，還看到滿滿一個車廂穿著校服，剛剛放學的學生。還有滿街的摩托車，機車上好多帥哥，而且帥哥們都很有禮貌。

　　去了台北、台中、台南、高雄，也坐了他們的高鐵，印象很好。

　　雖然在台灣的日子很舒服，可是每天晚上我都想你，多麼希望你可以跟我一起來看看這個地方，這個我相信你會很喜歡的地方。

　　能夠離開馬來西亞、離開我們的家、離開你，到台灣來，我相信我已經開始有勇氣踏出馬來西亞，開始走一條沒有你的路。

　　可是，不管到什麼地方，我都會把你帶在一起，永遠和你一起。

砍成十三塊的故事

前幾天 JS 跟男朋友又吵架了，這次他沒有過來我們這避難。他本來是要過來的，可是他給我電話的時候我不在吉隆坡，你也剛剛因為工作而到另一個城市去了。

這兩個人都在一起好幾年了，還是時常吵架，而且是吵很兇那種。還好，他們不會動武，最多也是摔摔東西。記得我們上次到他們家的時候，發現他們換了新電視，你還很驚喜的說：「你們好有錢啊，居然買了最新款的電視。」他們只微微一笑。

你還不甘休，追著問：「舊電視呢？還那麼新，賣給我吧。」

他們便一個支支吾吾，一個趕緊把話題岔開，那一刻我就知道發生了什麼事情，偷偷的踢了你一腳，便哈哈的聊天氣。

一看就知道是兩人打架的時候，把電視給打破了，你還問，唉。

一對不吵架的伴侶很少見，我們以前不也時常意見不合嗎？只是我們不吵，我們用冷戰罷了。那時候，我常希望可以像 JS 他們一樣，兩個人大戰一場，然後很快的和好。可是我們都不是這樣的人，我們都是選擇用冷暴力的。

我看過吵架吵得真正兇的好像還不少。在西雅圖念書的時候，有幾個月，我租了同學家裡一個小房間住著。他們夫妻倆就最少每個月打一次架，常常一喝了酒就動武。別以為是我同學打贏，結果第二天總是太太

很優雅的用早餐，而我同學臉上傷痕累累。我從來不問，因為都習慣了。人家床頭打架床尾和，干卿何事？

還記得我們隔壁社區，前幾個月發生的冰箱藏屍案嗎？還不是因為對方不愛了，女的就把男的給砍成十三塊放在冰箱裡。那時候我剛剛買了一個新的冰箱，你還因此開玩笑的說，這個冰箱太小了，我們誰砍誰都裝不下。

每次看到這樣的事情，我都問：「愛去了哪裡？」

其實，這些癡男怨女的故事裡不是沒有愛，我相信是有的，可是我看到更多的是占有，因為對方達不到自己的期望而不滿足。

一生可以遇到一個有緣分的人，能夠快快樂樂的一起多久，就一起多久。不能夠在一起，緣分盡了，便也和和平平的分開。何必吵吵鬧鬧，砍砍殺殺？傷了對方，自己也好不到哪裡。

我答應你，不管發生什麼事情，我不會把你砍成十三塊，我只會砍七或八塊。這樣才不會那麼累。哈哈。

搞定遺產

假如要說今天有什麼事情值得慶祝，就是我終於把牽涉你遺產的事情搞定了。整個過程，可想而知有多麼繁瑣和不愉快，特別是需要不斷提起你的離開。而我又必須在每次提起你的去世時，忍著幾乎掉出來的眼淚。剛剛開始辦手續的時候，有好幾次還沒有忍住，把對方嚇了一跳。

從前這些繁瑣的事情都是你在處理，你是那種很有耐心的人，也許跟你的工作有關。現在你忽然不在了，這些事情需要我自己去處理，我還真的慌了。我便更加的想你了。

可是就像我們時常說的，這個世界還真的沒有誰是少不了誰的。任何人不在了，地球還是繼續在轉，生命還是繼續。當然有好些人不願意繼續，這也是個人的選擇，不是既定的。

我在這一年多裡，不斷往返各個政府部門、律師事務所、保險公司、銀行以及你公司，有時候還因為一大堆檔中少了一份，又要多跑一次。而且，你知道吉隆坡的交通有多麼糟糕，來回一趟就是半天時間。

當所有的手續終於都搞定的時候，你應該可以想像我是怎麼樣的鬆了一口氣。

你家人要的錢也是陸陸續續的給他們了。只要一搞到錢，我就匯進他們的戶頭。我把可以賣的東西都賣了，你最喜歡的那輛車子我也賣了。

把你家人要的錢搞定才是最讓我鬆一口氣的。我不想你家人懷疑我

我希望他們看到我真的把他們當家人。

　　從今天開始，不會再有人因為錢的問題而提起你的名字。很高興。

　　我相信你在另一個空間也一樣替我開心。

愛情與快樂

你搬回來後，我最頭疼的是如何不再吵架，因為我答應過你，我們不再吵架。而且，假如還吵架，就表示我們還在同一個圈子裡兜。

我們必須跳出這圈子，關係才可能繼續下去。如何跳出來，是我們兩個人必須共同去做的。

當時我們都在上一些人際關係的課程，其中提到，人類生命中追求的只有一樣東西──讓生命更快樂。我們以為，人類的生命目標好像都是金錢、物質、名氣，其實這些都不是終極目標，快樂才是。

所以，無論我們做或不做什麼，只要不能夠達到「快樂」這個目標，這些動作就都是多餘的，當事人也會感覺空虛。這也就是為什麼，很多人賺了大把的錢，最後還是不快樂，因為賺錢的意義不在於錢，這個人本末倒置了。只有當錢可以帶給這個人豐盛的感覺，賺錢才有意義。

人際關係也一樣。一段關係要是不能夠讓人感覺快樂、豐盛，這個關係便沒有存在的意義。所以，理論上我和你的關係是不應該存在的。

可是現實是，我跟你一起不快樂，不跟你一起卻更不快樂。看起來我們是卡在一個很尷尬的地步，進退兩難。

這個理論開啟了一道我們從來沒有想過的大門，這門的鑰匙便是「快樂」。我們商量過了，雖然相處很痛苦，可是又分不開，不如我們相處時只做快樂的事情，不快樂的事情不碰。

每次面對我們之間產生的矛盾時，我們便問自己：「怎麼做才是比較快樂的？」

當你亂扔衣服的時候，我問自己：「是堅持衣服要放在籃子裡重要，還是快樂重要？」答案顯而易見。所以我不想收拾的時候，就讓衣服繼續躺在籃子外面，因為衣服躺在籃子裡還是籃子外，比起快樂，太微不足道了。

當你看電影遲到的時候，在我發飆之前，我問自己：「是因為遲到發飆重要，還是兩個人快樂重要？」答案出來了，我們便知道怎麼做。發飆是不快樂的，遲了，我們可以不看電影而去做其他快樂的事情，例如吃飯、購物、散步、喝咖啡聊天聊八卦，或是偷偷拉一下對方的手等等。看電影不快樂，我們就不看電影唄。我們去做快樂的事情。

你心情不好，我就問自己：「反擊重要還是快樂重要？」快樂重要，那麼我就不反擊，我跟你說笑話，我哄你開心，我給你沖茶泡咖啡，我扮小丑讓你笑，我講黃色笑話給你聽。我只做快樂的事情。

你不喜歡我騷擾你，你想靜一靜。我不因為你臉黑就發脾氣，因為這樣不理智，因為這樣不快樂。我讓你獨處，我繼續快快樂樂做我的事情，直到你來騷擾我為止。

你其實也這樣做，而且做得很好。

後來，我們發生不愉快的事情漸漸少了，就算偶爾有些小爭執，也很快就過去。

走了那麼多冤枉路，才發現生命中什麼是重要的，唉。

不過，現在摸清楚了也很好，最少看到一條出路。

親愛的，我們慢慢來，一步一步來。

044. 離開一年六個月

週年紀念日

今天是九月二十四日，我們的相識週年紀念日，也是你離開後，第二個沒有你的紀念日。想你嗎？當然想。特別是現在不在馬來西亞，而是在台灣，一個你從來沒有來過的地方。

你在的時候，我總是在前一天晚上十二點的時候給你一個吻，跟你說：「週年紀念日快樂。」那時你通常都睡覺了，因為你習慣早睡。你總是朦朦朧朧的睜開眼睛，笑一笑，然後倒頭繼續睡覺。那個時候，我喜歡坐在床頭看著你，看你睡得香甜的樣子，就覺得跟你在一起很幸福了。

十七個紀念日裡，大多數時候都是上班日。可是我們總是在那天不斷的通電話，好像這天特別的甜蜜。

假如巧遇到週末，我們都不需要上班，這一天我們就都黏在一起，好像麥芽糖一樣斷也斷不開，一早就去公園散步、吃早餐。這麼多年了，你還是喜歡到燕美路的菜市場吃早餐。其中一間早餐店的老闆也是同志，而且還有一個伴一起。老闆每次看到我們都會過來坐下一起聊聊天，八卦這個那個的。他們賣的海南咖啡特別好，你幾乎每次都喝它。

然後我們會去逛街，去商場購物。我們習慣在這一天買一些平時不買的東西，特別是奢侈品，好像放縱自己的日子終於到了一樣。記得你的第一部蘋果手機嗎？就是在那天買的。其實你想買很久了，但是我一直反對，覺得家裡、公司都有電腦，還帶著一台電腦滿街走幹嘛呢？紀念

日那天，我們很開心的走進蘋果商店，你很開心的跟店員說，你要最新的蘋果手機。那天離開蘋果商店後，你就沒有理睬過我，不斷在玩你的手機，我當時就有點後悔了。

晚上我們不煮飯，總在市區挑選一間好的、平時不捨得去的餐廳，放下平日注重的減肥、健康，瘋狂的吃一頓平時不敢吃的晚餐。記得有一次去了希爾頓的自助日本餐廳，你居然吃了好多的生蠔，我說：「膽固醇高啊！」你笑著說：「一年一次，不要緊啦。」結果，接下來的一個星期，我們幾乎天天吃素，還每天對著血壓機量血壓。

我其實是喜歡跟你一起看電影的，可是你是不喜歡看電影的人，所以，我們從來沒有在紀念日看過電影。說白一些，我們在一起的日子裡，好像就結伴看過幾次電影，有兩次你還在電影院裡打呼，超尷尬的。

過完紀念日的那個晚上，我還是一樣喜歡坐在你的床邊，看你睡覺，看你累了一天、開心了一天的睡去。你總是睡得那麼祥和，好像一個嬰兒，更像一個天上掉下來的天使。那個時候，我總是謝謝上天把天使賜給了我。

我一樣在你額頭吻一下，跟你說：「紀念日快樂。」我知道你真的快樂。

依賴

在台北的時候，探訪了一位在台北就讀的朋友。這個叫 L 的朋友，你應該在十多年前見過一兩次吧。

L 是一個很有趣的朋友。他在英國念完大眾傳播之後，一直在國際英文媒體工作，工作也很順利。可是到了接近四十歲的時候，忽然覺得這樣的生活不是他要的，便把工作辭了，然後很簡單的生活，為的就是尋找生命的意義。不斷的從一個國家到另一個國家，這樣走了好幾年，忽然覺得想再回到學校去，便在台北藝術大學開始上課。

我提他的經歷，是因為我總覺得，很多人在生命的某一個時候，覺得生命索然無味了，卻又走不出另一個新的生命來，時間便在這樣的鬱悶中過去，生命的光輝便在這樣的鬱悶中流逝。他們不想走出一個新的、有活力的生命嗎？想的，只是不知道怎麼走罷了。

這次也是在你離開之後第一次見到他，我們當然聊起你。這個朋友不說安慰的話，我也不想聽安慰的話。因為我覺得，所謂安慰的話幾乎都是空洞的，除了說話人的善意之外，便沒有什麼營養了。

在聊天的過程中，他問我，我不斷的說我愛你，可是這所謂的愛有多少是依賴？

我告辭之後，一直在思考這個問題。是啊，我是在愛你嗎？還是在依賴你？

我發現，我一直以為的愛，居然都是依賴。我以為我一直在付出，因為我在保護你、疼你、讓你有安全感，你的開心就是我的快樂。

可是，我就是透過這樣的作法，讓你感覺快樂，而我的快樂卻必須依賴你的快樂來達成。所以，不單是你在依賴我，我也依賴你。沒有了你，就沒有辦法造就我的快樂，因為再也沒有人讓我感覺被需要。

而愛，是和這個被需要沒有關係的。愛就只是單純的愛，沒有要求回報的動作。所以，我對你的愛，假如只是單純的愛而沒有依賴，你的離開是不應該造成傷痛的。

原來我以為的愛，居然是我一直不知道的依賴。你對我的依賴，讓我感覺被依賴的快樂，而我也對這種快樂上癮了，於是也就因為沒有了你，而感覺傷痛。

是的，我真的在依賴你，而我還一直以為這就是愛，以為自己是付出的那一方。真相是，我也是依賴著的一方。

我想，我往後不應該再說我愛你了，我是不是應該說我需要你？

是的，我很需要你，要到你離開了，我才知道我是多麼的需要你。

離開馬來西亞

你離開都一年又六個月了。你離開之後，我幾乎每天都因為想你而至少哭一次。你剛走的時候，我感覺自己像僵屍一樣，對世界麻麻木木的，我的魂好像還活在我們的世界裡。

晚上作夢的時候，仍然和你一起聊天、散步、說笑、吃飯、抱著你，一切都那麼真實。

反而是醒著的時候，發現你不在了，便感覺非常不真實。你怎麼可能不在了？我想，我一定在作夢了，便一直催著自己醒來。

夢沒有醒過來，卻漸漸發現，原來這個噩夢才是現實。

接受這個噩夢是事實需要的時間更長，我每天都提醒自己：「你真的不在了，真的不在了。」然後便淚如雨下。

如此淚如雨下了一年。一年裡，流淚的次數漸漸少了，也漸漸習慣沒有你的日子，更貼切的是，接受你不在了。

接受你的不在了，便決定離開馬來西亞。這個地方沒有了你，剩下的便只有回憶，美好的回憶。就因為回憶太美好了，讓當下的我更感傷痛。

離開馬來西亞，除了因為更容易放下對過去的回憶，也覺得是時候為自己開啟一個沒有你的生命。馬來西亞哪裡沒有你的影子？哪裡我們沒有一起去過？

開始打算離開馬來西亞之後，便開始算錢。知道身上的錢不多，可是

我問自己：「多少才夠？」

我和你一樣，生活一直很簡單，對物質要求不大，溫飽之後，就對物質感覺可有可無。

身邊的人也替我擔心：「在外生病了怎麼辦？會不會被人騙？會不會遇到其他危險？護照不見了會不會回不來？」

我謝謝大家的關心。可是想想自己那麼多年的國外經驗，這些都不是問題。

我不知道大家提醒的會不會發生，我也問自己，我願意為這些可能發生的事情，而放棄生命可能的燦爛嗎？我願意繼續待在馬來西亞，繼續困在這沒有你的困境裡嗎？

我想，你的離開是我另一個生命的開始。所以，我決定離開。離開，除了要走上另一個更燦爛的道路，也為了放下你。

同志與自殺

　　凌晨兩點，家裡電話居然響起來。我嚇了一跳，半夜三更的電話總不會是好事。

　　我很快的接了電話，怕會吵醒你。可是你睡得好像豬一樣，幾聲電話鈴響對你一點影響都沒有。

　　是一個常常來我們家聚餐的朋友打來，聲音有點哽咽，告訴我說 YL 從市中心的一棟高樓上跳下來，馬上就走了。

　　他還說，YL 這幾天情緒一直不太穩定，覺得當一個同志太苦了。家庭、工作場所、結婚、朋友的壓力，一直讓他喘不過氣。

　　放下了電話，深深的吸了一口氣，讓自己的心境平靜下來。雖然不是第一次聽到同志自殺，可是每次聽到，還是會影響情緒好幾天。

　　一個人要走到多麼痛苦的地步，才可能走上自我毀滅的道路？我不知道，可是我相信一定很痛很痛，痛得比求生的天性還強。想想，那會是怎麼樣的痛啊！至少我沒有體驗過，因為我還活著。

　　對那些不斷撻伐自殺者的人，我總說：「別說他們蠢、笨、無知、無能。」我聽過一些很無知的人是這樣說的：「好搞不搞，搞自殺？」

　　自殺可以「搞」的嗎？這樣愚蠢的說法，當然不值得花太多的口舌去解釋。

　　我們在譴責自殺者之前，是否可以嘗試體會一下，這個自殺者對生命

的無奈、失望、絕望？想想這些比與生俱來的求生欲望還大的萬念俱灰的痛，我們就不會再說譴責的話了。我們都沒有這樣痛過，因為我們還活著。

讓我有點難過的是，這個朋友在如此無助之際，我們居然都不是他的求助對象。他只能夠自己一個人默默的承受這些痛的煎熬，一直到再也撐不下去為止。同志身分本來就不應該是一個讓同志自殺的原因，可是實際的情況是，不少同志走上絕路，就因為社會的不包容、打壓、排斥、嘲笑，加上沒有肯定自我的資源與資訊，讓很多同志感覺生命只有兩個選擇：要嘛苟且偷生，要嘛自我了斷。任何一個選擇都痛，所以一些不選擇苟且偷生的同志，選擇了後者。

對於同志自殺，我總是說：「不要譴責這個自殺者，社會、我們每個人，才是把他們從懸崖推下去的人。」

我為了這個電話久久睡不著。我躺在你旁邊，握著你的手，看你睡得香甜香甜的樣子，那麼安詳、平靜。我忽然忍不住流下眼淚，因為我覺得有你在身邊，我太幸福，太幸福了。

人在高雄

離開馬來西亞到台灣來,希望可以跟過去的回憶告別,希望能夠真正的往前看。逗留在一直懷念你的生命裡是不豐盛的,那樣過日子,我想,充其量也不過是在生存,因為看不到燦爛。

把馬來西亞所有能夠變賣的東西都變賣了,唯一沒有賣的是我們最後一起購買的房子。要是這個也賣了,我跟你的聯繫便沒有了。雖然一些朋友覺得,我應該把這個也放下,但我還是不捨得。

我會暫時住在高雄,因為 C 在高雄,我可以有點安全感。

這不是我第一次在馬來西亞以外長住,以前在國外念書,工作的時候也常常離開馬來西亞。可是認識你之後,便一次都沒有了。

每次去到一個新的地方生活,開始的時候總有恐懼感,總在擔心人身安全、有沒有住處、錢夠不夠、當地的人是否友善等等。

可是你不用擔心,台灣人真的很好,很友善,很有禮貌,大家還總是對著我笑。

記得有一次,我手裡拿了一堆東西經過一個水果店,我只是停下來看看,老闆娘瞄了我一眼,說:「你等等。」然後轉身進店裡,拿了一個袋子給我,讓我把東西都放進袋子裡,還給了我一個很溫馨的微笑。

我真的很感動。

我想我在台灣應該不會有什麼問題,你可以放心的。

高雄的思考

在高雄好一段日子了。

想你嗎？

想。有時候比在馬來西亞的時候更想。我想是因為還不習慣離開你的感覺。

白天在外面逛的時候，感觸還不多，因為高雄是一個很熱鬧的地方。我自己一個人到處去，去了西子灣、中山大學、愛河、旗津、壽山。

很喜歡到西子灣和旗津，因為有海。有海，讓我感覺到你，感覺你就在海的那一邊。

其實，在把你放下的課題上，能夠離開馬來西亞，對我來說就是一個很大的進步了。開始的時候，以為是怎麼樣都離不開你了。

記得那個美國女教授 Linda 嗎？她用了五年才把丈夫放下。

記得男朋友從梯子上掉下來，頭撞上馬桶去世的 H 嗎？他到現在還悲哀著。

還有一個我們都認識，可是我從來沒有提過他的故事的 SL，他大學的時候就和男朋友住一塊。那天下雨，男朋友騎了摩托車到學校接他，結果在路上發生車禍去世。

他用了十二年，自我放逐於馬來西亞之外，回來了，卻還是放不下。

我想我會比他們好一些吧。

這次離開馬來西亞，離開熟悉的地方，去探討我是誰，我為什麼是我，我生命的意義是什麼，是我這次的功課。

　　你在的時候，你就是我的意義。你不在了，我的意義是什麼？而且，我生命的意義就只是你嗎？

　　我想，不是。也許生命有一個更大的、一個我不知道的、一個人類幾千年來都在尋找，也還在尋找的空間。

　　記得你還在的時候，有一次我們一起去上的一個哲學課程，課堂上提到一個對我來說很震撼的理論——生命本來就是白紙一張，是沒有意義的。所以，我們可以為自己的生命創造任何意義。有了意義，生命便有目標，便燦爛了。

　　想想，你成為我的意義，不就是找自己創造的嗎？所以，你離開了，理論上我可以再創造另一個意義的。

　　離開馬來西亞，就是讓我去探討生命意義。我不知道這是一條怎麼樣的路，可是那個離開的聲音是很清楚的。我想，就走著瞧吧。

　　生命好像一條長河，順著流淌，河流自有其出路。

　　因為，最終河流還是匯向大海，然後我們再次見面。

同志與婚姻

　　剛剛認識你的時候，你說你往後要結婚。我初次聽到你這樣說的時候並不震撼，因為用婚姻來掩蓋自己真實面目的同志還少嗎？

　　多少無知少女少男被這樣的行為坑害了，還以為這個人是因為喜歡自己、愛自己，才跟自己結婚。一旦知道真相，發現自己只不過是一個被利用的工具，傷害有多大是可想而知了。

　　可是還是有那麼多同志認為不會被發現，只要自己在外面混的時候小心一點、謹慎一點，對方不會知道的。

　　但是我在同志社團做社工那麼久，還真的沒有見過多少個同志，能夠這樣隱瞞一生。大多數時候，是對方假裝不知道，為了維持這段名存實亡的婚姻，也因為不知道該如何面對離婚後的生活，該如何面對身邊人們疑問的眼光。

　　想想，一個天天面對、一起生活、每天睡在同一張床的人，怎麼可能不知道對方的身體反應？怎麼可能不懷疑對方是否外面有小三？懷疑了，只要查一查，不用多久就知道了。

　　結婚的同志會覺得自己也是迫不得已，自己也是受害者，不應該把所有的責任推到他的身上。

　　是啊，同志也是我們社會主流價值觀的受害者。他／她們也不想這樣，一邊是社會道德規範，一邊是控制不住的欲望，難啊！

可是，自己的不幸是否足夠當成把另外一個人拖下水的理由？我們的同理心呢？

我常常開玩笑說，應該叫那些鼓勵同志通過異性婚姻改變自己的人，讓自己的女兒或兒子跟同志結婚，因為他們相信同志是可以改變性傾向的。讓他們體會一下這樣的婚姻裡，痛的不只是同志，婚姻裡的另一半更苦。

奇怪的是，這些極力主張同志改變性傾向的人，是第一個不願意把自己孩子往火坑裡推的人。原來，他／她們鼓勵的是別人的孩子，不是自己的孩子。這樣你就明白，他們所謂堅信性傾向是可以改變的「堅信」有多堅定了吧？

當然，你若真的要結婚，我也阻止不了你。可是我希望你不會，因為我喜歡你，因為我愛你。我知道那個婚姻的洞有多深，深得你掉進去，就一生都爬不出來了。

想想，你現在上班八到十個小時，工作時要討好老闆、同事、客人，夠累了。回到家就只有倒下去睡覺的力氣，或是到晚上、週末才能放鬆一下自己，作誠實的自己。

可是，結婚之後就不再只是上班那八到十個小時要戴面具，還要加進下班後、週末、假期，你所有的時間，一年三百六十五天、每天二十四小時的面具人生。

不累？你用屁股想都知道有多累。

我愛你，我不希望你生活得那麼苦。

而且，你真的結婚了，我便必須離開你，因為我接受不了這樣的關係。在這樣的關係裡，我算大老婆還是小三？我知道我永遠都不會再是你生

命中最重要的人了。你父母會排在我前面，你孩子肯定在我前面，還有你的工作也會在我前面（因為那是飯碗所在）。假如你老婆都排在我前面，你教我情何以堪啊？

我們一起那麼久，你只在認識的第一天提起過結婚的事情，唯有那一次。我想是因為你通過我認識了很多同志朋友，你發現原來同志可以誠實的面對自己，可以快快樂樂的生活，不需要裡外不是人。

我很開心你向前走到這一步，因為，你若走不出自己的道路來，我便很可能會失去你。可是我不想失去你。你是我見過的最帥氣、最性感的人。我想天天跟你在一起。

另一個我曾經考慮過的問題是出櫃。

其實你不結婚我就很滿足了。你出不出櫃對我來說是不重要的。

對很多同志來說，這個道德的櫃是很難走出來的，因為這牽涉到別人的眼光問題。

有同志認為，何必那麼在意別人的眼光？Fxxk them！

可是每個人的步伐不同，有的人不在意，有的人在意。

你不在意，我順著你；你在意，我也順著你。因為，你對我才是最重要的。

我知道你還在意，也知道你這樣躲躲藏藏的掩飾很辛苦，可是我答應你陪在你身邊，不離不棄，你走到哪裡，走多遠，我都陪著你。

生生不息

　　高雄進入了秋天，可是還是熱的。馬來西亞也熱，可是還是感覺不習慣，特別是遇到下雨的時候，總是感覺鬱悶。鬱悶了，就更想你。我感覺自己在高雄一直不能夠真正快樂起來。也許是剛剛離開你的關係吧。感覺你遠了，感覺你少了。

　　其實你去世之後，除了剛開始幾個月，我精神還在恍恍惚惚的時候，除此之外，我就不是常常夢到你。叮是白大我還是感覺得到你，還是天天跟你說話。

　　有那麼一種說法：「一個人能遇到誰是很神奇的！」為什麼是這個人？為什麼不是另外一個？為什麼是那個時候？為什麼時間不對了，碰也碰不上呢？

　　我覺得這些問題都不是我可以答得上的。每個宗教、文化都有其看法，連無神論都可以解釋其必然性。

　　我答不上是因為我覺得，人類的知識相對宇宙的浩瀚，差距太遠了。我相信，假如將宇宙的真相比喻成地球那麼大，而我們能將人類所有的知識統合一起，那麼人類的知識應該不會大過我腳下的一粒沙子。

　　所以，我不知道為什麼遇到你，為什麼我們的相處只是十七年半，為什麼你那麼年輕就離開。

　　我想，大自然自有其規律，來了必去，問題只是遲還是早。而你是早

的那個。

　　雖然我沒有宗教信仰，可是我相信生生不息。你也知道我為了這個議題，不斷參考可以找到的書籍與資料。剛開始我還會和你聊這方面的話題，可是後來覺得你有自己的信仰，便不再聊了。

　　可是你不也是相信生生不息嗎？只是我們對生生不息的理解有點不同罷了。

　　我希望，也相信我們的看法是對的，那麼我們再見也只是時間問題罷了。你剛剛離開的時候，你家裡去問了靈媒，還問我要不要一起去。我沒有去，我覺得不應該這樣騷擾你，而且我對靈媒有一定的保留。我不是否認他們的能力，也許這種能量是存在的，可是我看過太多招搖撞騙的了。

　　我相信大自然是仁慈的，我相信死亡不是終點，而是另一個開始。

　　我想讓你好好的在另一個空間等著我，我總有一天會來的。

怕死

這幾天不單只在想你，不知道為什麼，我還一直在想死亡這個話題。

這個議題在你剛剛去世的時候想的特別多，因為當時不知道在沒有你的情況下，該怎麼活下去，當時還真想過跟你一起去的。我想，很多人在剛遇到摯愛的親人去世時，都這樣想過。

我當然沒有走。我想不是因為我害怕。

我問過我自己怕死嗎？我想，不怕。

你還在的時候，我就想過這個問題。對有宗教的人來說，相信生命不會因為死亡而結束的人，死亡應該不是壞事，只是生命的一部分。

可是人類好像都怕死，我問過很多有信仰的人，為什麼怕死，他們都不知道怎麼回答。然後說：「就是怕死。」

我想，怕死除了是人類求生的自然反應之外，怕死還因為對未知的恐懼。這裡所謂的未知，就是不知道人死了會去哪裡。雖然很多人都說自己的信仰是堅定不移的，可是只要看他們面對死亡的時候，就知道他們的堅定信念到底有多堅定了。

說回我不怕死這個話題吧。除了我相信生生不息，我還相信，宇宙這麼大，應該容得下這一個一個的靈魂吧？而且現在你已經在另一邊，要我跨過去就不是一件難事了。

再說回你去世的那個時候，我能夠在你離開的時候在你身邊陪著你

一直覺得慶幸。因為我知道，只要有我在你身邊，你就放心了、就不再恐懼了，在你彌留時，相信也是一樣。

　　所以，當輪到我離開的時候，我想我的恐懼感應該不大，因為你已經在那邊了。

寂寞與愛

　　關心的朋友發短信問我，你離開那麼久，我也在高雄待了一段時間，有認識新交往的朋友嗎？

　　高雄同志圈沒有台北那麼大，集會的地方也沒有台北那麼多、那麼精采，不過我從來就不是那種喜歡到夜生活場所的人。

　　記得你還在的時候，我們很少在晚上出門。吃了晚飯後就喜歡窩在家裡，看看電視、聊聊天，或是你把工作帶回來。偶爾有朋友來聊天，我們也不會聊到很晚，就把客人送走了。

　　這樣的生活，我覺得很溫馨，很滿足。

　　因為習慣了這樣的生活，在高雄的晚上我很少出去，頂多只是跟 C 一起去吃飯。

　　而且也沒有認識新朋友的欲望。因為曾經滄海難為水啊。

　　其實 C 就是一個很不錯的人。所以我們偶爾開玩笑說，假如是不同的時間，不同的情況，也許我們會走在一塊。

　　我想，至少在這個時候，我是不適合進入另一段感情的。我覺得，只有放下了前一段，再進入另一段會比較好。

　　人們總是匆匆忙忙的走入另一段感情，但仔細想想，幾乎都是因為寂寞，而不是因為愛。失去愛情的人，沒有辦法面對寂寞，以為進入另一段關係，就可以放下前面的痛苦。

可是，只有寂寞的慰藉而沒有愛的關係，走下去很快就會產生痛苦。

也許，離開的人留給我們的，正是學習面對寂寞的機會，同時也學習獨立、學習愛不是依賴。

跟一個人相處，就只因為愛，一丁點不多，一丁點不少。

高雄，高雄

你知道我一直有個習慣，每到一個新的地方，就喜歡找一個熱鬧的場所，然後坐下來，看著這些來來往往的人，男女老少。看他們的肢體語言，然後去感覺他們，快樂嗎？生氣嗎？鬱悶嗎？

今天的傍晚，我來到我住處附近一間市立圖書館前面的廣場，看著來來往往下班的人群，放學的學生，跳舞做運動的大媽，散步的大爺，遛狗的居民。

我發現好像只有在台灣、大陸才看到人們在跳廣場舞。在歐洲的時候，我讓朋友在視頻上看大媽們跳舞，他們都覺得很有趣，覺得好不可思議。還有全市的摩托車，他們也覺得太酷了。

這當然不是好壞對錯的問題，只是純粹文化差異。

我談起這個話題，是因為我又想起你的離開。見過好幾個輕鬆面對死亡的文化。當親人去世時，人們是那麼的平靜，那麼的平和。開始的時候，這種平和是讓我吃驚的。我在懷疑，他們愛過這個去世的人嗎？記得我們去參加一個朋友的葬禮，他相親來的太太，以一點悲傷都沒有的表情接待我們嗎？

後來漸漸跟他們熟了，聊開了，才發現他們自小對生死的教育都是平和的。生就好像死一樣平和。

他們聽我問他們為什麼不傷心的時候，他們反問：死者到天堂去了，

為什麼傷心？傷心的原因是什麼？

　　是啊，傷心的原因是什麼？真的是因為愛嗎？這個人到更幸福的地方，傷心的原因怎麼看都不可能是因為愛。

　　不是愛，是什麼呢？

　　最少，我今天看我自己的傷心，肯定不是因為我愛你。

　　是不是因為寂寞？因為我從來沒有學習過放手？面對親人死亡必須痛哭流涕？

　　雖然你離開了一年半了，我卻還活在我們的過去。

055. 離開一年九個月　高雄

蝶夢

高雄天氣漸漸涼下來。

來了好一段時間了，還沒有完全適應下來。特別是剛開始的時候，在夢裡總是感覺自己還在馬來西亞，和你一起散步。醒來之後，高雄又彷彿不是真的。所以，我便一直穿梭在這兩個地方。

每次去一個新的地方，安定下來時總有這樣的狀況，已經不是第一次的經驗了。

這樣的經驗很像莊周的「蝴蝶夢我，還是我夢蝴蝶」，不知道哪一個是真的。記得以前看了一部電影，名字忘記了，只記得電影情節是說一個人做了一個噩夢，在最恐怖的時候，忽然醒來。但是才剛鬆了一口氣，噩夢裡的恐怖情節居然真的發生。這個人大叫一聲，原來是作夢。才鬆一口氣，噩夢情節又出現。故事就這樣轉了幾圈結束了。

你剛剛離開的時候，我曾經不斷問自己，我是在噩夢裡嗎？我在噩夢裡嗎？

現在只是偶爾問問。

我知道我只要還有一天這樣問，我就還沒有走出你的陰影。我也知道，問題出在我身上，能不能走出去也必須靠我自己，別人幫不了。

你離開都差不多兩年了，沒有想到我還卡著。我一直以為，以我容易快樂、對煩惱健忘的性格，是怎麼都不會拖那麼久的。然而現實是，我

真的拖那麼久。

　　佛學常用的一句話：「菩提本無樹，明鏡亦非台。本來無一物，何處惹塵埃。」很多時候說的就是情。可是我終究是凡人，我便讓這情傷得體無完膚。

　　我們在上課的時候，西方的現代價值觀不是有這麼一種看法──「生命中發生的事情，沒有一件是壞事」嗎？

　　今天去看這句話，我想，積極的一面是，讓我重新探討生命為何，重新認識我是誰。也直接形成我放下過去的認知，一切重新開始。

　　你的離開，造就了我另一段生命。

　　不管這段新的生命怎麼走，我都會好好的走下去。因為河流終將與大海會合。

米里

你重新上班了。

你因為鼻癌離職在家休養都五年了。我習慣了你每天在我上班時，還躺在床上打呼嚕的可愛樣子，每天練你的氣功，看你的連續劇，整理屋子後面的小花園（雖然好像越整理，越多雜草），然後煮好晚飯等我回來，有時候也會找朋友喝喝茶、聊聊天。

我習慣了每天回到家，都有你在的感覺，屋子變得溫馨，溫暖了。

所以，當你說你決定重新上班，而且還是到坐飛機都要兩個小時的米里，一個座落在馬來西亞東部，產石油的小城，我就覺得很失落，不捨。

我問你：「可以不要去嗎？」

你說：「癌症都過了五年，醫學理論上就算痊癒了，可以重新上班了。」

你提議，不如我不上班，跟你一起過去吧，我們又不缺錢。

我想了好一會，說等我把這裡的工作安排好了，便過去陪你。雖然那最快也要兩個月後，但是這兩個月裡，我可以常常飛過去見你。坐兩個小時的飛機，跟回你家要花三個小時，沒有多少差別。

公司給了你一個貨櫃的空間，讓你把你想運的東西都運過去。除了日常用物，你居然把我們的車子都塞了進去。我還真佩服你喔。不過，車子一直是你在用，我只用摩托車，因為摩托車在吉隆坡不會塞車。

你離開的那天，我特別難過。屋子好像陡然一空，沒有了你，這間屋

子就再也不是家了。

不過，我的孤單也只有一個星期，之後我就飛去看你了。在機場看到你，我超級開心，我才不管機場眾目睽睽，就拉著你的手不放。

米里是一個濱海的小城市，因為靠海的地方發現油田，忽然就興旺了起來，一大群有錢的石油人湧了進來，就這樣一下子火起來了。

雖然是一個石油城市，米里還是很漂亮。中午很熱、很曬，一到傍晚，海上吹來的涼風，就把熱氣都趕跑了。我喜歡在傍晚的海邊跟你散步，聽你說你公司發生的事情。

我們常常到當地的小餐廳吃海鮮，這裡的海鮮本來很便宜，可是石油公司一進來，就讓這些有錢人給吃貴了。但我們還是很享受那些螃蟹、蝦、石斑魚、貝殼等等的。雖然沒有我們自己煮的那麼好吃，可是我們都將就得很好。

你租了一間一百多平方公尺的房子，不貴，就我們兩個人，所以空間也夠用。房子前面也有一片小空地，本來可以用來種種花，可是屋主為了方便照顧，把它給鋪上了水泥。也好，這樣我們就省去照顧那半生不死的花花草草的工夫。而且我一直以來就不喜歡花草，太麻煩了。

你在工作上向來讓公司很滿意。當然啦，你總是那樣為工作著想，還時常加班。

我每天都送你去上班，那麼你上班的時候我就可以用車了。只是送完你，我往往會再回去繼續睡我的覺，一直睡到自然醒。

中午時很熱，我喜歡躲在家裡，開著空調，看看書、看看連續劇，喜歡的話還可以在空調下睡個午覺，一直等到你下班時間將近，我便開車去你公司接你。有時候興致來了，接你之前還會開車去兜兜風。

最初兩個月，我就這樣「吉隆坡<->米里」的來回。後來把吉隆坡的工作安排好之後，便乾脆飛過去和你一起。正如你說的，我們兩個人需要的並不多，簡簡單單的話，我們就餘下不少錢了。

既然我們決定在一起，假如為了錢而分開就沒有意思了，因為那表示錢比在一起重要。

我喜歡每天見到你，你也一樣。天天見面很溫馨，而且我們胃只有那麼大，能夠天天裝滿海鮮就很開心了，況且，在米里要裝滿海鮮，還真的不需要花很多錢。

每天我載你上班下班，一起吃飯，一起開車到處闖，一起海邊散步，偶爾還小吵一下。

這樣的日子過了半年，你忽然覺得受夠了米里。你問我：「我們回去吉隆坡好嗎？」我沒有說什麼，只是笑笑說：「你決定怎麼樣我都沒有問題。」

你便回公司辭職，我把家裡所有的東西打包，然後我們駕了車從米里到汶萊，然後沙巴，再掉頭再開回去米里，足足花了一個星期。

在從米里飛回吉隆坡的飛機上，你睡得很甜。你睡覺的樣子總是很安詳，很可愛，我居然看呆了。我想，我是看一輩子都不會膩的。

再見，高雄

離開高雄了。

高雄是一個很舒服，很淳樸的地方，很適合退休生活。

其實整個台灣都適合中國人退休生活，語言、文化、生活習慣都接近，而且生活環境品質也很好。

可是心裡就有那麼一股聲音：「繼續往前吧。」

當我們遇到不能夠解決的事情，又不知道如何是好的時候，聽聽心裡那股聲音吧！那股聲音其實都很清楚，也一直都在。而且所呼喚的，是我們最想做的。可是它卻往往也是我們最害怕做的，所以我們總是把它隱藏起來，忽略掉它，然後不斷問自己：「我的路在哪裡？我的路在哪裡？」

路一直在那裡，只是我們故意看不見，然後到處去問人同一個問題。

別人都告訴他同一條路了，他還是說：「不可能，我怎麼可能這樣走？」

幾乎所有人在遇到事情的時候，心裡都有了答案，可是大家還是向其他人詢問。那些人未必比他聰明，未必比他更有智慧，可是大家還是向外詢問。

其實，在問的過程中，我們尋找的是肯定。我們希望每個人都支持我們，認同我們的作法。好像大家認同了，如果發現結果是錯誤的，責任也不在我了。

可是責任在誰真的重要嗎？最後承擔結果的人還不是自己？

常常有些人會問：「假如心裡這股聲音最後發現是錯誤的，怎麼辦？」

假如錯誤了，只表明這個解決問題的方式行不通，那我們就從這一個經驗中，學習什麼是更好的方式，我們便能更聰明的重新做選擇。

況且在當下，那可是你所知的，最好的解決方式呢。假如有一百個可能的方式，其他九十九個方式，都是排在你心裡那股聲音之後的。

記得我小時候很想很想玩火，心裡就想著：玩吧，好刺激喔。

後來我真的找到機會玩火了，結果讓火燙著了，我因此受到教訓，知道這樣玩火不對，便改進玩火的方式。就像我們每次想慶賀什麼的時候，就會放煙火，因為太燦爛了。

我們不是時常說「跟著感覺走」嗎？跟著感覺走，不能夠保證每一步都是對的，可是，至少保證一生燦爛，好像煙火一樣燦爛。

所以我繼續帶著你上路，一起走我們想走的路，讓我的餘生燦爛豐盛。

馬來西亞同志

　　最近在忙很多同志社團的事情，主要是一些宗教團體對同志發動攻勢，在各媒體上污蔑同志。

　　我當然可以像很多人一樣，什麼都不做，當作事不關己，高高掛起。可是你知道我的性格，我總是覺得，在不公義的面前應該發聲。不發聲，只說明我們對自己毫無自信，連不對的都不敢站起來說「不」。

　　馬來西亞是一個很特殊的社會，是一個很多民族共存的國家。就因為這麼多不同的民族居住生活一起，有不同的語言、不同的文化、不同宗教、不同的價值觀、不同的飲食習慣，所以一直都是一個相對比較包容的國家。因為，要是沒有這樣的包容文化，這個國家肯定天天都在打仗了。特別是因為宗教而天天發生戰爭的今日地球，馬來西亞就更加顯得特別。

　　就因為這個國家必須有包容的心態才走得下去，所以從幼稚園開始就教包容 —— 只要不傷害別人的，就別用自己的道德標準去打壓對方。自己把自己的生活過好就好，別插腳別人的生活。（後記：很可悲的，在出版這本書的時候，馬來西亞也漸漸走向種族、文化、道德、宗教、教育的隔離政策，人們漸漸變得互相不信任了。）

　　雖然吃豬肉、喝酒是回教徒的大忌，可是其他宗教的人民可以一樣買到豬肉，買到酒類；喝酒、吃豬肉的人，也知道不可以在回教徒面前做

這些事情。遇到其他宗教有慶典時，比如華人的春節、印度人的屠妖節，回教徒也會上門恭賀。反之亦然。每個人都學會顧好自己的生活，就算別人跟自己的價值觀不同，只要不傷害自己，大家便相安無事。

所以，馬來西亞同志便這樣走進一個沒有人管的地步，而且同志普遍低調，還沒有特別高調發生過事情。加上馬來西亞繼承了英國的法律，沒有任何一個條例能夠在同性戀這一點上被定罪。

最接近犯罪的也是在性行為上——口交和肛交是犯法的，只是口交和肛交不是同性性行為專有的，異性戀也做。

整個社會普遍不談同志這個話題，就好像我們不談吃豬肉，不談喝酒，不談自己的宗教怎麼正確、偉大。所以我們一直都生活得很平靜。我們的房子每天那麼多同志進進出出，人來人往，整條街的鄰居很快就知道了。可是，從來沒有一個鄰居會在我們面前說我們「變態」、「基佬」。大家都把自己的價值觀帶回家，而每次見面都很禮貌的打招呼。

我想，鄰居肯定都知道我們是一對同志伴侶，大家也很尊重我們，就像我們尊重他們一樣。

不過還是有人會說話，特別是某一些宗教團體，說了一些很難聽的話。我真不想重複這些話，因為我覺得說了就是侮辱我的智慧。

可是我們還是需要發聲。

我總說，請不要對自己不認同的事情、別人的私事、沒有傷害他人的事情，說三道四，因為我們也沒有伸一個頭去管他們的私事。（雖然我們也覺得他們的信仰、價值觀，都是扭曲的。他們的性是讓我嘔吐的，我想起來就起雞皮疙瘩的。）我都讓他們過自己的生活。請也一樣對我。

假如他們覺得有權力批評我的生活方式，表示我也可以一樣攻擊他們

的價值觀。

難道我們不可以和平相處嗎？

我不需要他們用他們信仰上的「愛」去對我，能夠尊重我的生存空間就很好了。

我們的要求不多。

我當然也知道，人們到今天還在談同性戀是先天還是後天的問題。可是先天或後天真的重要嗎？就算是後天原因讓我喜歡同性，這有什麼問題嗎？我跟另一個人關起門來的事情，關他們什麼事？就好像後天原因造成他們喜歡吃麵而我喜歡吃飯，我可以批判他們吃麵不對嗎？他們就算吃屎也和我無關。

假如他們真的覺得，我可以批評他們生活方式的話，我就接受他們對我說三道四的權利。

那麼我就可以把他的性生活攤開在所有人面前，分析他哪一個性動作是不好的，哪一個做愛體位是不對的。

再說，兩個人覺得相愛了，想在一起，還需要他批准嗎？他跟他老婆結婚有問過我嗎？他私底下跟某個小三、小四上床有通知我嗎？

這些人也管太多了。

我一直在做同志社團的其中一個原因，也是要讓你知道，我們在一起沒有錯，我們只是兩個相愛的人想在一起，和別人沒有關係。

我愛你，我只想跟你一生一世，就這麼簡單。

搬家囉！

終於搬去新家了。

我們在我們的第一間房子居然住了十年，時間一轉眼間過去了。離開這間房子還真的有點不捨得。

房子剛買的時候有點舊，雖然在這十年裡我們都在修修補補，可是離開的時候，它看上去還是破落。當你說要買一間條件比較好的房子時，我沒有反對，也是時候換一個環境了。

走之前的一個傍晚，站在後花園，看著那滿園的花花草草，我們從記憶裡挖出哪一堆花是你什麼時候種的，哪一個花盆是我從哪裡買來的。還有那本來應該是一株盆栽，在缺乏照料之下變成了一棵大樹。每次介紹我們的花園時，我都特別介紹它，稱之為全世界最大的盆栽，樹上還有兩個鳥窩。

後花園裡還有一棵很大的美人蕉，是前屋主留下來的，都超過十年了。它的葉子常常伸過隔壁的花園，遮住鄰居的後窗。鄰居便偶爾要過來敲我們的門，讓我們把葉子給砍了，你便每次都向他賠不是。

還有前門那塊小空地，也在我們搬進來幾年之後，長了一棵木瓜樹。應該是小鳥吃了木瓜種子，然後在那兒拉了一堆鳥糞，便長出了這棵，一直站在那裡的木瓜樹。它一年到頭都長木瓜，而且是滿滿的一樹梢，從來沒有間斷過。木瓜很甜，可是我們都不太喜歡吃。剛開始還會採

送朋友、鄰居，可是後來木瓜樹長得太高，採不著，便不理它了。不過，長在高高樹梢上的木瓜從未浪費，每天都有一大堆羽毛黑油油，帶著兩顆紅眼圈的鳥兒輪流來吃，吃飽了還不忘記留下一堆鳥糞。

房子裡的每一張椅子、桌子，牆上的每一幅畫，屋子裡養的每一棵植物都搬不走，但都有我們的影子，都讓我們依依不捨。

新的房子是在一棟公寓裡，再也沒有地方種東西了，我想你會懷念這裡的花花草草。可是至少我們不用再天天一樓、二樓上上下下，而且公寓裡還有游泳池、健身室，會舒服很多的。

台北台北

　　到台北都有一段時間了。很喜歡台北，也太舒服了。來之前就有好幾個馬來西亞的朋友推薦台北，說我一定要來。等我來了，發現還真的應該來。

　　雖然這是一個國際大都會，也擁有國際城市的所有硬體設備，有快捷方便的公共交通。要認識台灣的人文，台北是不二選擇。

　　然而台北沒有世界大部分大城市的冷漠和疏離，我在台北的時候，感覺到這個城市是友善、樸實、輕鬆的。而且也是亞洲罕見的適宜騎自行車的地方，所以我到台北第一件事，就是買了一輛二手自行車。

　　我總愛騎自行車去淡水，有時候甚至騎到漁人碼頭。或是從淡水坐渡輪到對岸，然後騎過彩虹橋，回到北投。

　　在朋友的幫助下，我在台北藝術大學的山腳下，租了一個小單間。我的住處有一條小徑，可以走到山上的大學區，我會在大學裡的一間咖啡廳，點一杯咖啡，面對著一覽無遺的台北市，開開心心的過一個下午。

　　在這麼舒服的環境裡，我總想，要是有你在身邊該有多好。

　　我住的這裡是北投區，北投多的是溫泉，我只要從我的住處騎個十五分鐘自行車，便到北投圖書館附近的一個公共溫泉。很乾淨的溫泉，門票才四十元新台幣（美金一元多一點）。我一個星期最少泡三次溫泉，連看門的大媽都認識我了，偶爾還會聊上兩句。泡了溫泉之後，當晚總

是睡得很甜。

　　我還到北投圖書館辦了一張借書卡。外國人只要拿著護照，就可以免費借五本書，兩片 DVD，而且還可以在其他圖書館還書。這份對人的信任，是我在其他國家很少見過的。

　　我好像一直在說台北的好話，是的，我就在說台北的好話。我覺得很多國家，在這些方面可以向台灣學習，我相信人是可以對別人給予信任，可以對不認識的人好。

　　在這麼舒服的環境裡，要是你能夠在身邊就好了。雖然過去你沒有來過台北，但我相信，你還一直在我身邊分享著我的悲傷與快樂，你現在一定和我一起在台北藝術大學散著步，看那將落的夕陽。雖然我不能實際牽著你的手，可是在我心裡，我現在正甜蜜的拉著你的手。

星光下的心石

　　住在台北已經兩個月了，你離開也差不多兩年了。我想你了嗎？還是想的，只是沒有之前想你那麼痛。一年前，只要一想起你，我就失控的掉淚。現在想起你，雖然已經很少掉淚，可是心頭還是梗著一塊大石頭，氣就有點喘不過來。

　　我知道，我的傷痛來自對美好過去的緬懷。我知道我還逗留在過去，因為要是我真的活在當下，痛苦便不存在了。因為當下是沒有痛苦的，我的當下是很快樂的在享受台北。

　　可是人類是回憶的動物，特別當過去是快樂的時候，人類便抓著這不再存在的快樂，用悲傷去哀悼這美好的過去。

　　當人們失去美好的事物或至親的人，若抓著過去不放手，便只能夠活在過去。人們每時每刻所想的都是過去，就好像我一直在想你一樣。

　　因為活在過去，我再也沒有當下了。然而當下才是唯一的真實，過去是不存在的。

　　我知道過去是不存在的，可是我還是緊緊抓著，因為我不知道如何創造像過去一樣的快樂。

　　我知道我一直逗留在過去的痛苦裡，我也知道我必須活出當下，才能夠結束這痛苦，可是我還是做不來。想想那些完全不知道什麼是過去與當下的人，要走出這痛苦就更困難了。我覺得，大部分的人都是因為不

知道怎麼走出去，只好讓痛苦不斷的煎熬，直到哪一天對這痛苦麻木了為止。

這樣的過程多麼殘酷啊！而且如果沒有從這場痛苦中學到什麼，下一次同樣的情況發生時，便會再來一趟煎熬。

這就是身邊的人的生活方式，沒有面對痛苦的技巧，當痛苦來臨了，只能夠默默的忍受，不斷撕心裂肺的面對。

每次看到這樣的事情、看著這些無助的眼神，我卻什麼忙也幫不上。

今天晚上星光燦爛，我在藝術大學散步，不想因為聊這樣的話題而過於沉重，不然我就更想你了。

讓我們享受這星光燦爛，活在當下吧。

孩子

我們在一起那麼久，關心我們的朋友，不管是同志還是非同志，偶爾都會問起關於孩子的問題。

「你們不想有自己的孩子嗎？」

我不想，你想。

你是喜歡孩子的，而且你帶孩子還真有一套。孩子總是讓你帶得服服貼貼的，很聽你的話、很黏你。

也許跟你小時候替人帶過小孩有關。

你總是有愛心和耐性，可以跟小孩玩在一起，說些小孩才覺得好笑的笑話，玩小孩才想玩的躲貓貓，小孩在你身邊就會玩得很盡興。

你還會很有耐性的教他們念書、繪畫，替他們訂正功課，給他們講做人的常識。

我從來沒有見過你對小孩發脾氣，就算多難搞的小孩你都不會，你總是用你的愛和耐心融化他們。

我跟你恰恰相反，我對小屁孩沒有太大的耐性。我們第一次在瑞士 Ricci 家小住的時候，Thomas 才剛剛上幼稚園。他喜歡一放學就來我們房間翻這翻那，我覺得煩了，便兇巴巴的要把他轟出去，這時你會過去拉著他的手，說跟他一起出去玩。從那個時候開始，Thomas 就只黏你，不黏我了。

有好幾次你在公園或路上遇到天真無邪的孩子時，會入神的看著小孩，然後說：「要是我們也有小孩就好了。」

　　那時我便問你：「我們有時間嗎？而且誰來帶？帶一個小孩要花半生的時間，最少也要讓他念完大學，那就二十多年了。念完書之後，他可以獨立還好，假如還賴著父母，我們的一生都因此葬送了。更糟糕的是，如果染上毒癮、沾上黑社會，甚至可能搞得連我們自己的生命都沒有了。養小孩，只會讓我們天天在煩他的事情。」

　　你知道我鐵定心不想為孩子煩，你便不再提孩子的事情了。可是每次看到朋友的孩子、路上遇到的小孩，你就會流露出無限嚮往的神情。

　　我知道在這件事情上是我虧欠了你，我也知道我們真的不計較血緣關係的話（我相信這對你也不重要），我們要真的收養一個小孩，也不是很困難的事。可是為了遷就我，你一直沒有說過這話。

　　謝謝你。

　　我們就「幼人之幼，如幼吾幼」吧。

安慰是沒有營養的

你離開都兩年了，還是有朋友會打電話、發短信、發電郵來慰問。我現在就只會說聲謝謝，然後說我很好。因為不知道怎麼答話。

因為要說已經完全走出失去你的傷痛，那是騙人的，這股哀傷還是偶爾會浮出水面，而且整體的感受還是很複雜，連我自己都理不清楚，怎麼說得明白？

其實我不喜歡朋友繼續說一些安慰的話，就像我之前說的：「安慰的話幾乎都沒有什麼營養。」而且，很多時候會讓當事人更加沉浸於悲痛之中。對那些還沒有走出悲痛的人，每一次問候，其實等同傷口被重新撕開一次。

當然，大家都是好意的，我仍然感激。

現在好很多了，大家提了我也不會反應太大，因為對大家的問候方式麻木了。

大多數的朋友都選擇不說話，有的甚至逃避我，因為不知道能夠說什麼、應該說什麼才得體。有些人覺得跟一個那麼不幸、那麼悲傷的人相處挺困難的，不想讓自己太累，便乾脆不見面。

所以，我離開馬來西亞之後，還真正聯絡的朋友就兩三個，其他朋友也許偶爾記起我這個失去伴侶的朋友，可是也都回到自己的生活裡去了。因為每個人的生活裡，都有那麼多的事情要處理，那麼多的人要接觸，

有那麼多的規矩要遵守，大潘肯定是排在很後面的一個。

　　我理解大家生活裡的繁雜，所以從來不會要求任何一個人特別對我好。說得難聽一點，我對他們來說算老幾？Who cares？

　　能夠偶爾關心一下就很感動了。

　　見過很多人，摯愛去世了，便覺得全世界都應該圍繞著他的悲哀轉，認為旁人應該不斷的安慰他、體諒他、遷就他。漸漸的，大家必須回到自己的忙碌生活裡，因而減少了照顧他的感受，這個人便覺得大家都沒有道義的拋棄了他。

　　對這樣的人，我只能夠說：「真的別把自己看得那麼重要！」在別人眼裡，你真的沒有那麼重要，你跟千千萬萬失去摯愛的人一樣，必須學會自己一步、一步走出來。

　　大家都沒有義務特別遷就你，因為，這個世界、這些人，根本沒有欠你什麼。

　　假如你還是覺得所有人都欠你，我就只剩下一句話可以說：「Who cares？」

　　Who cares？真的，我們要是不學會關心自己，當旁人都習慣了我們的憤世嫉俗，所有人都離開我們的時候，剩下的就只有 who cares 了。

　　晚安了，親愛的。

台北的春節

今年春節人在台北，這是你離開之後，第一次在國外過春節。和你一起的十七年半裡，春節都跟你一起在馬來西亞。所以，這次的春節對我真的是一次考驗。

難過嗎？年三十跨年的時候特別難過。哭了。覺得離你越來越遠了，遠得都有點感覺不到你了。看著滿天呼嘯著的煙火和炮竹，寂寞感鋪天蓋地而來，接著便淚流滿面。

你離開之後，我生命裡每一個第一次沒有你的經歷，都讓我情難自禁的憂傷起來。

我想，這是每一個失去愛人的人都經歷過的。只要我們眷戀過一個人，每一個特別的日子，便會自然而然想起這個人，而且，傷感在這些特別的日子裡，來得特別強烈。

不管感覺多麼痛，時間總是最好的療藥。時間讓痛慢下來，時間讓留下的人接受愛人不在了，時間讓人漸漸對這些傷痛麻木了。

人便慢慢的活過來了。

我知道這些沒有你的日子，我不是真正的生活，在你的陰影之下，我只能勉強的生存著。我也知道我必須走出來，不走出來，我和死了分別不大。

其實我已慢慢好起來了，可是每個第一次沒有你的日子，比如這個春

節，我就得經歷對你的撕心裂肺的想念。

　　我告訴自己，大潘，不要緊的，只是第一次嘛。第一年裡的每天都是第一次，到第二年，感覺就可以淡些了。

　　當所有的第一次都過了，生命便慢慢活過來。

　　親愛的，在台北的這個第一個沒有你的春節裡，很想你。

台北藝術大學的思考

在台北藝術大學的咖啡店露天座，坐在布置簡單卻感覺優雅的木桌前，遙望台北市，感覺特別安詳。

這份安詳來自豐盛感，豐盛感來自對生命的滿足感，生命滿足了、無求了，心便安詳了。

我是時常對上天、對神，或是對那看不見的宇宙能量，說：「感激您這樣厚待我，讓我此時此刻能夠那麼安詳、平靜的感覺生命。」

我認識的人之中，能夠放下原來熟悉的生活環境，花時間去探討生命，幾乎寥寥可數。不是他們不如我富有，相反的，身邊的朋友中，好像錢最少的就是我。

看看山下的台北市，隨便找一個人、他隨便賣一間房子，錢就比我多。

可是我還是心存感激，感激我可以放下對物質無限膨脹的欲望，感激我一直以來對物質的簡單要求。

從山上一眼望過去，看到的、聽到的、希望的、追求的，好像都是要比隔壁的親戚鄰居、比路人甲乙丙丁、比認識不認識的三姑六婆大叔大媽，有更大的車子、有更大的房子。

這樣的比較，除了炫耀，好像沒有其他意義了。

「大潘，你說得輕鬆。你沒有養過孩子，你沒有養家的負擔，你們一直兩份收入養兩個人，你們運氣好，收入那麼高，現在還來說風涼話。

我不想說誰比誰幸運或不幸，我只是想說，生命本來就是一個一個的選擇。覺得有沒有錢是一個選擇題，覺得富足不富足是一個選擇題，覺得幸運不幸運也是一個選擇題。

多少來台灣打工的外籍勞工，覺得自己能夠長期逗留台灣就很富足了；多少國民覺得自己不生活在獨裁的國家，就作夢都會笑了；多少世人對於能夠每日溫飽就感激涕零了？

有人馬上反駁，不要老是用比我們差的人跟我們比較，讓我們自以為幸福，為什麼不用那些過比我們好，比我們更有錢的人來作比較？

拜託，我不是在說誰比誰多好不好？我在說，多還是少、夠還是不夠，都是感覺問題。不管量是多少，感覺夠了，便富足了。

說簡單一點——精神素質才是最重要的。

賺多一些錢，為的是精神感覺快樂；買大房子炫耀，也是為了炫耀的快樂；讓孩子、家庭物質富足，還是為了精神感覺快樂。

所以，做什麼、不做什麼，都是為了精神感覺快樂、平和、豐盛。

可是，精神感受是和物質多寡沒有關係的。

每次說到這些，你一定又會說：「潘潘，別說教了，朋友都聽膩了啦。」

好啦，不說不說。又不是我們的生命，誰要繼續覺得生命不足，繼續不快樂的生活，Who cares？

現在能夠安靜的看著台北，和你分享這份快樂，我就感覺很幸福了。

親愛的。

梁祝

　　我們去看了一個朋友導演的舞台劇《新梁山伯祝英台》。故事沒有什麼更動，比起海峽兩岸的製作當然有一定的落差。資金緊張不說（馬來西亞政府幾乎不支持中文舞台劇），連演員也幾乎清一色是業餘的。就為了對中文舞台劇的愛好，這群人聚在一塊，一起做一件沒有什麼金錢回報、每天下班趕著去排戲、總是搞得精疲力竭的事情。讓大家堅持的唯一原因，就只是對舞台劇的熱情。

　　就因為這些緣故，我沒有帶太大的期望去看這齣劇，可是，看到化蝶的時候，我還是忍不住掉下眼淚，那一刻，我緊緊的握著你的手。

　　從梁祝這個故事，我看到了我們的經歷。

　　梁祝那個年代的人，父母之命、媒妁之言是天經地義、是不可反抗的，不管父母之命多麼不近人情，都是不可違逆的聖旨。

　　兩個相愛的年輕人，因為階級不同、因為父母不認同、因為社會不允許，便硬生生給拆散了。不管是多大的傷痛，只要不被接受，便可以棒打鴛鴦，要到黃泉了，才能夠化蝶共飛。

　　梁祝總讓我想到今天的同志狀況，同志和梁祝的愛情很相似，都是不被接受、父母反對、社會不允許。整個反對的環境，製造了各種理由來打壓，用文化、傳統、道德、宗教作為反對的理由，就跟反對梁祝的愛情是一個樣。

所以，同志在這看不到陽光的日子裡，偽裝起自己，過著一種不真實的生活，其中有很多還用異性婚姻來掩蓋。這樣的生命，怎麼幸福快樂得起來？

同志伴侶就更困難了，能夠掩蓋當然最好，可是謊言總有被揭穿的一天。到那個時候，棒打鴛鴦的事情就不斷發生了。像梁山伯與祝英台一樣，硬生生被拆散了。

我想問這些手抓棒子的人，兩個相愛的人想在一起，根本礙不著誰，幹嘛一定要拆散他們？想想你們所謂的理由，不管是以道德、文化、宗教的名義，都和拆散梁山伯與祝英台的理由沒有兩樣。

我也許不能夠代表所有的同志，可是至少我們倆的愛情是真實的。我們走過的路那麼實實在在，沒有一絲謊言，也不需要任何不真實的語言去美化我們的關係。我們就是兩個相愛的人，希望安安靜靜的在一起。

就這麼簡單，為什麼還容不下我們？

為什麼把我們妖魔化？為什麼要用冷酷的、歧視的語言打壓我們？

將心比心好不好？

我每次說到這些就會激動，因為我愛你，不希望這些打壓讓你受傷害。我希望能夠永遠保護你，不惜用我的生命。

對天下所有反同志的人，我想說：「假如你不想在現實裡重演梁山伯祝英台，請放過天下的同志，好嗎？」

我為我心愛的人，求你們了。

好事，壞事

還記得我們之前曾經討論的一個哲學看法嗎？——世界上沒有任何事情是壞事。

記得我們在學習及印證這個理論的時候，進行了還滿深入的探討，探討我們曾經遇過的事情。

是啊，沒有一件事情是不能用積極的態度面對的，只要我們覺得是積極的，任何事情便變得積極；反之亦然。所以，一件事情的好壞，完全取決於一個人的價值觀。

然而價值觀是可以更動、改變的，所以，事情的好壞便可以操縱在我們的手裡。就算從前認為是壞的，其實，轉一個彎就是好事了。

我們一直習慣把一些事情當壞事，就因為這些事情的結果不是我們想要的。可是，要是沒有這所謂的壞事，我們怎麼知道這樣的作法不對，可以改善？

某種程度來說，壞事，其實是讓我們改善的機會。

我談這麼多，其實是在談你的離開。剛開始時，我是如何也看不到這件事情有任何積極的點。你是我的世界，當我的世界垮了，有什麼好處可言？我怎麼想都想不出一個所以然。

兩年了，從一個比較長遠的眼光去看你的離開，才發現這真的不是一件壞事。說得準確一些，或許可以說，這只不過是一個狀況，一個我需

要應付的狀況，而不是什麼好事、壞事。

生死本來就沒有好壞，都是人類必須面對的事。來了，就必須離開，萬古不變。

你的離開，讓我嘗到了撕心裂肺的痛，卻也打開了一道關於生死的門，讓我有機會體會什麼是生死，然後「我是誰？」、「我為什麼是我？」等問題就浮現了。你讓我面對了完全的寂寞，從寂寞中，去體會生命，體會單獨的一個人的生命，一個和任何人都沒有關聯的生命。

我知道這是一條很少人走過的路，所以相對困難，而且會很寂寞。

可是你打開了這道門，當我跨進了這門檻，便再也走不回去了。因為生命忽然開闊起來，前面的未知誠然可怕，可是我也無法再回頭了。

謝謝你打開了這道門。我不能夠拉著你的手一起走，可是我知道你一直陪著我。

謝謝，親愛的。

068. 離開二年二個月

再說台北

很喜歡台北。

這句話我不是第一次說,而是說了很多次。在台北住了將近三個月,覺得很舒服,很有家的感覺。

雖然台北每個週末都有人到總統府前面示威,可是我還是要對台灣人說,你們也太幸福了。

不管是軟體還是硬體,台灣都做得很好,很人性化。

台北捷運很方便,還便宜,雖然滿街的機車(摩托車),但是大家都很遵守交通規則,對我這些騎自行車的人都很禮讓。

台北到處都是圖書館,到處都有人在看書;公務員好有禮貌,我到移民局才等了半個小時,接待我的官員就一直向我道歉,讓我都覺得不好意思了。

台灣人很有禮貌、很文雅、很樸實,不管是商店的售貨員、路人甲乙丙丁,還是鄰居的大叔大媽,笑容都很真誠。你有事情,總有人站出來幫忙。

雖然台灣人都覺得大陸對他們太霸氣了,私底下也發牢騷,可是遇到大陸人時,幾乎都很有禮貌。我每次去泡湯的溫泉就有很多大陸自由行的遊客,不管是工作人員,還是一起泡湯的台灣大叔大媽,對他們也都很好。

我跟台灣人的接觸都是很愉快的，就算偶爾聽到有人在罵「你娘的」，也不覺得有什麼殺傷力。當然也聽過有人髒話滿天飛，可是我想他是習慣了，沒有什麼惡意的。

　　很開心可以帶你來台灣看看，你在的時候從沒有來過，現在跟我來了，讓我更想你。要是可以跟你一起在台灣住一段時間多好。

　　我們可以天天騎自行車去淡水吃美食，因為你最喜歡吃了；去九份看山看海看人；去動物園可以看熊貓；去台北藝術大學散步；然後，天天跟你一起泡温泉。晚上就拉著你的手睡覺。

　　台北，讓我覺得安詳，接受你的不在便容易多了。

　　親愛的。

車禍

還記得那次我騎摩托車被撞，肇事司機跑了的事情嗎？

我從小學起就開始騎摩托車，那個時候，我家人住在一個上不著天、下不著地的小鎮附近，我們到鎮上差不多有五公里。那麼偏僻的地方，摩托車成了家家必備的交通工具，稍大一點的孩子都會騎。

認識你的時候，我就騎摩托車了，當時你還沒有自己的代步工具，我便時常用摩托車載你上下班，載你到處去逛。你很喜歡坐在我後面，輕輕抱著我的腰。

我們還曾經騎三個多小時回你家鄉，到兩千公尺高的金馬倫看種花種菜的朋友，到海邊吹吹海風，有一次還環了馬來半島一圈。

一直到你買了車，才比較少坐我的摩托車。可是有時候你睡遲了，還是必須坐我的摩托車，在車龍裡穿來插去，才趕得及上班不遲到。

當我們的收入變得寬裕的時候，你就教我別騎車，讓我去買一輛車，因為你覺得騎摩托車太危險了。

只是吉隆坡那麼塞車，我還是覺得騎摩托車比較好，於是你也沒有特別逼我買車。

我一直覺得你過分擔心了，我騎車都騎三十年了，從來沒有出過意外。

可是就這一年，不知道為什麼，我居然不斷出狀況。一開始是在我們樓下停車場騎車摔了一跤，一個月後，又在房子附近的一個轉角摔倒，

還把腳給摔傷了。

第三次最嚴重，我在離家不遠的路上，被一輛白色轎車從後面撞上來，整個人被撞飛。我飛出去的時候還來不及想，身體一著地才知道發生了什麼事情。第一個出現在腦子的念頭就是：「我再也見不到你了，你一個人怎麼過下去？」

我不斷的對上天說：「不要，不要。」我當時連想都沒有想到死亡的可怕，因為我答應過你我不會先走，不會把你一個人留下來。

等我回過神來，才發現自己躺在地上，而且還活著。我眼看著撞我的車子稍微減速一下，就立即絕塵而去。反而是後面的車子紛紛停下來，開車的下車來把我扶起來，問我還可以嗎？我當時只能夠躺在地上，動不了，過了大約一分鐘後，才能夠坐起來，然後讓圍在我身邊的人替我叫救護車。

我第一個通知的當然是你。我在電話裡說我出車禍了，在等救護車。你在電話的另一頭都慌了，一直問我：「如何？嚴重嗎？哪一家醫院？」

我等上了救護車才再打電話給你，告訴你我會去哪一家醫院。那個時候你已經在路上了。

你到了醫院的時候，我還在等醫生趕過來。你看到我全身傷痕累累，鮮血淋漓，差不多就要哭出來了。你輕輕摸著我受傷的手問：「痛嗎？難受嗎？」

看到你，我就開心了，忽然有了一種安全感。本來覺得還好的，經你這樣一問，我就忽然痛起來。

你慌慌張張的一直問護士：「醫生為什麼還沒有來？病人很痛啊！」我很少見你那麼慌張。

等到醫生來了，檢查過後，他說我很幸運，只是皮肉傷而已。醫生讓護士給我清潔了傷口，敷了藥，就讓我出院了。

你載我回家的路上，不斷的勸我別再騎摩托車了，説我年紀不小、反應變慢了，不適合騎車了。

等我的傷稍微好了一些，行動較便利之後，你就把我帶到車行，讓我選了一輛全新的車子，馬上交錢。車子過幾天送到我們家，我便從此不再騎摩托車了。

讓我覺得窩心的不是有新車子，而是你表現的關心，你對我的愛意。你讓我覺得，不管發生什麼事情，你一定會第一個出現，一定會和我一起面對。

謝謝。雖然後來那輛新車好像都是你在開，而我用你原來那輛舊車，可是我還是開心的。

有你在，我就開心。

出軌

　　那天早上，你從公司打電話給我，把我給吵醒。你說你忘記把手機帶到公司，讓我把手機帶去給你。

　　我說沒有問題。洗漱之後，我剛拿起手機，手機就響了，是收到簡訊的聲音。我不經意瞄了一眼，竟看到一些曖昧的字眼。我當時就呆著了。

　　在我的心目中，你一直是個很好的情人，我絕對不會想到，你在外面居然會有這樣曖昧的關係。

　　我覺得每個人都應該有隱私，愛人也不應該看對方的手機內容。可是，那天我忍不住打開了你的短信，去看發這則簡訊給你的人，他發過的其他則簡訊。

　　讓我崩潰的是，原來你跟他來往了一段時間，你們還上過床，我居然什麼都不知道，我居然以為我是你的唯一。

　　那一刻，我瘋了。

　　我開車到你公司，請你下樓來拿，我讓你坐到車裡，很冷的告訴你，我看了你的簡訊，而我接受不了你跟那個人的關係，我決定跟你分手。

　　說到這裡，我的眼淚如決堤的水一般衝了出來。

　　然後我把你趕下車，你呆呆的站在那裡，看著我絕塵而去。我不知道你有什麼感受，我除了掉淚，不知道還能夠做什麼。

　　我一直認為你是絕對不會背叛我的人，可是實際情況不是。你教我情

何以堪？

我駕著車，一直在城裡兜圈子。你一直撥電話給我，我不想接。我這個時候除了恨意，什麼也沒有。我一直告訴自己，結束了吧，這樣的人我不要。我寧願孤獨終身，也不要這樣的關係。

我時常說，這個世界沒有第三者，只有當另一個人出現，而你的另一半又喜歡上對方；此時，這個對方不是第三者，你才是，因為你已經不再重要，對方的地位已經取代你。你才是第三者。

你那天特別早回來，想跟我說清楚。我說，不用了，沒有什麼好說的。

第二天，我沒有理睬你。我知道你難受，我其實也心痛，可是我不知道我還能夠說什麼。

第三天，你下班回來的時候，哭著教我不要離開你。你說那只是對方一廂情願，你從來沒有想過讓這樣一個人介入我們之間。對方也知道你不會離開我，可是還是要纏著你。

看著你忽然變得憔悴的樣子，我就心軟了。你的眼淚一直是我的剋星，我怎麼捨得看你流淚傷心？

你這麼帥氣，怎麼可能沒有人投懷送抱？

最後，我流淚抱著你說：「我這兩天一直很傷心難過，想到要離開你，我就不能自已。我考慮了兩天，也找不出解決的方式，所以我只能求你，下次不要這樣好不好？就算真的發生了，不要讓我知道好嗎？」

你也哭著說：「不會了，我再也不會了。我這一生就跟定你，其他人都不要了。」

我也知道，我這一生，從我們在一起開始，就是你的。

痛還是不痛

　　我最近發現我的情緒好了很多，不再那麼容易悲傷了。

　　想你嗎？還想。只是想的時候，沒有從前那麼悲傷。我覺得我慢慢的接受了你的離去。接受了，情緒便平復了。

　　其實比起大多數的人，我的痛苦相對小和單純。除了你的離開，我覺得我好長好長一段時間，沒有什麼特別值得一提的悲痛。

　　人類的痛苦好像總是連綿不斷、源源不絕。跟同事朋友或某某人意見不合，感覺痛苦；車子、房子沒有別人那麼大，感覺痛苦；家裡孩子、伴侶、父母遇到麻煩，感覺痛苦；塞車痛苦、趕不上看電影痛苦……，還有數之不盡的痛苦。

　　看看這些痛苦，好像都很雞毛蒜皮，可是對他們來說，卻都那麼真實。

　　大家不想跳出這樣的痛苦嗎？都想的。遠離痛苦是人類的本性。

　　可是，人類仍然在多數時候，沒有歡愉感。

　　很矛盾是嗎？可是卻那麼真實。中國人不是時常說：「人生不如意之事，十之八九嗎？」

　　我的個性雖然一直來都比較樂天，可是痛苦還是有的，只是比較少、比較小。

　　所以你的離開對我來說是當頭棒喝，讓我知道，原來我也和所有人一樣，痛苦一樣真實。

你的離開，開啓了我的痛苦之路，也開啓了重新認識自己之旅。

在台北和你分享沒有你的旅程。

一切隨風飄去

　　每次沿著淡水河騎自行車，總是看到一對對情侶在騎著車。有老有少。老的有老的溫馨，少的有少的精采。

　　每次看到這一對對的人們，便想起你。在吉隆坡的時候，我們都不騎自行車，因為不安全。可是每次回你家鄉，我們都喜歡騎你給你老媽買的那輛半電動的自行車到處跑。你坐在我後面扶著我的腰，我們一邊騎，一邊聊天，都聊一些有的沒的。遇到上坡路，你便從後座跳下來幫我推車。我們就這樣大街小巷的轉，把半個小城都轉遍了。

　　今天，自行車後面沒有你，再也沒有你了，痛漸漸淡去，想念卻還在。

　　想念最主要的一個原因是寂寞。人類是群居動物，這是人類的天性。群居動物忍受不了寂寞，有了伴，不管是一個還是很多個，便有安全感。

　　所以，當一個人感覺同伴不在了，特別是失去最親密的伴侶，害怕便出現了，因為安全感不再。

　　然後是傷心，因為本來的理所當然，現在居然不是了。本來是我的，現在不是了。

　　能給予人類快樂的事物，我們總是牢牢抓著，然後希望／以為這些事物會永遠跟著我們，這些事物的存在便理所當然了。

　　因為有希望、有期望，當這些事物不再理所當然的存在時，失望、痛苦便出現了。

我其實一直都知道，也認同這個理論。

看看一般人失去這些事物，失去摯愛的人的時候，他們唯一做的事情就是問蒼天、問神，為什麼這樣的事情發生在自己的身上。因為沒有其他的認知，可以解釋當下的狀況、當下的痛苦。

責問上天是大部分人唯一會做的事。

可是只是責問上天是沒有營養的，因為上天不會給你答案。你沒有答案，又不知道如何處理，你便會一生待在傷痛之中（很多時候還包括了憤怒）。

也許，去理解我們的傷痛來自人類的寂寞感，來自人類群居的天性，是不是好一點？

當然，理解了，要接受也還有一段很長的路，在這接受的路上，我們還是會傷心、憤怒，問為什麼是我，問上天為什麼如此不公。

我現在就在這路上，而你在伴著我，看著我的傷心、憤怒。

這一刻，更想你了。

家人

　　搬來新房子之後，你母親開始很勤的往我們家跑，好像每個兩個月就來一次，一住就住上一個星期。

　　搬新家之前，由於條件沒有那麼好，加上也把兩個房間租給了兩對同志伴侶，他們就不太可能在我們家過夜了。最多就只是白天時候過來坐坐，探訪探訪你。大多數時候，是跟他們在外頭見面，吃個晚餐，然後他們就住到你姊姊家。

　　搬了新家後，整個房子就只有我們兩個，還有一間書房跟客房他們可以住，所以你母親喜歡常來吉隆坡看看自己的孩子。

　　我們其實也沒有什麼好隱瞞的。我們住在一起十多年來，他們探訪你的次數數也數不清了，參觀我們的房間也有 N 次了。肯定有看到我們的大床，看到我們的親密互動，也肯定猜到了我們的關係。

　　可是你們家一直是你說了算，所以也沒有人敢過問你的私事。我相信你母親還是接受不來，這麼多年來，她問過我好幾次為什麼不結婚。最近一次問，也不過是一年多前。我想，她明白我們的關係，可是還是希望你能夠結婚生子。

　　在同志社團幫忙那麼多年，我理解他們的感受，所以也不責怪他們。只要不是說些讓人很難堪的話，我都不太在意，不會跟他們計較。

　　你父親幾乎不說話，他在你們家是相對的弱勢，說話的次數不多，所

以我反而更喜歡和你父親交往，因為他不會忽然問一些我不知道如何回答的問題。

你母親每次來之前一個星期，都會先打電話告訴你，你便開始緊張的張羅這個、那個。我雖然都跟你說不需要擔心，可是你還是會不斷檢查，看看少了什麼。

現在你好像不再張羅了，你應該是完全放鬆了，他們來了，你只是會早點回家吃飯。

你母親在我們家的那個星期，最苦的不是你，而是我。因為你上班時間長，而我比較多時間在家，所以面對他們的不是你，是我。

我過去一直都以為，當同志有個幸福之處就是沒有岳父、岳母的問題，因為大部分同志保密身分，而且不跟家人住在一起，所以沒有異性戀婚姻的婆媳關係。每次看電視劇看到這些婆媳關係就怕怕。

等到你母親常常來我們家住之後，我才發現我之前的想法真是天真。

岳父母在的日子，就算不用上班，也不能睡到太晚；他們說話不能頂嘴，要遷就他們的話題；他們說得多、嘮叨都要好好聽著，還要不斷點頭稱是；他們動手做任何家務都必須搶過來做，雖然每個星期女傭會來打掃三次，你母親也總能找到一些事情來挑剔。

你母親還會串門子，才來一兩次就把整棟樓的鄰居都認識透了。害得鄰居每次見了我，都不會忘記問你母親什麼時候來，問得好像我在不在無關緊要，你母親才是主角。

他們來，而我又不用上班的日子，我都會盡量到外面辦事情，或是約朋友在外頭見面。除了讓他們有更大的活動空間，也讓我能夠透口氣。

如果只是你家人來住也還好，因為次數來多了，我都習慣了。最可怕

的是，有好幾次連你的什麼大姨媽、七姑媽等親戚都來了，我就完全不知道如何應付了。那個時候你工作特別忙，在家時間比較長的都是我。

他們總是嘻嘻哈哈，鬧烘烘的，我插話不是，不插話也不是，大多數時候我只能陪笑。我感覺比上班還辛苦好幾倍。所以，這麼一大幫人來我們家的時候，我通常都把整間房子交給他們，自己出去看看電影、喝喝茶，留連在外好像一個無家可歸的流浪漢。

比起你家，我家簡單多了。我家十個兄弟姊妹，每個人都有自己的生活方式，來往不頻繁，最多也只是偶爾聚聚餐。而且一部分在城裡，一部分在家鄉。

我們在同一個城市的兄弟姊妹平時見面少，除了我母親偶爾來吉隆坡的時候，會一起吃個晚餐，有時候搓搓麻將。我母親喜歡打麻將，你常常遷就她跟她一起打，還會故意放牌給我母親，讓她開心得不得了，覺得跟你搓麻將最過癮。

在對待對方家人的時候，我覺得你做得比我好多了。你總是那麼有耐性，對每個人都很好，所以我家人特別喜歡你。兄弟姊妹雖然嘴上不說，也都知道我們的關係。我母親年近八十，對什麼同志不同志沒有概念，但她看到你那麼盡心照顧我，我們兩個在一起她就覺得很放心了。

雖然我們總希望對方家人能夠很好的接受我們的關係，可是我要你知道的是，你才是我的世界，他們怎麼看，對我就不重要了。

吉隆坡

性

當同志聚在一起的時候，常常會聊起「性」這個議題。其實也不單是同志，異性戀一樣把性當一個很主要的話題。每次跟非同志朋友聊天，不管是男是女，看到他們常常一聊起性話題，就興奮得不得了。住在鄉下的可能比較保守，可是還不是時常看到，一群大媽、大叔聚在一起，小聲說大聲笑的，看他樣子就知道談的話題大概是性了。

聊性也沒有什麼好或壞的。我們不是時常說「食色性也」嗎？性只是人類天性的一部分，像吃飯一樣平常。只是人類在發展的過程中，漸漸把性當一種禁忌，不可以談、不可以隨便做。除了以繁殖為目的的性，別的幾乎都被當成骯髒事。

同性之間的性，就更加不能談了，因為它是在繁殖範圍以外的性行為。其實仔細觀察，同性性行為跟異性的非繁殖性的性行為很相像，是人類互相取悅的一種方式，只牽涉兩個人，和其他人沒有什麼關係。既然和其他人沒有關係，理論上其他人應該就管不著。

可是我們的社會也管太多了，非但這個性要管，連我們生命中的衣食住行，哪一樣它不管？

每次在社會上聊同性戀這個話題的時候，必會被問的一個問題就是：「同志的性是不是比較亂？」

我總是說，在對待同性戀這個話題上，盡量別把重心放在性上面。同

性性行為就如同異性性行為一樣，在一段戀情中只是生活中的一部分，不會比異性戀來得強烈。同性戀跟異性戀一樣，生命中除了性，還有柴米油鹽醬醋茶，還有上下班、看電影、吵架、吃飯、上廁所。性只是生活中的一小部分，別放得太大。

跟異性戀一樣，心儀的對象總是讓自己有性衝動；進入戀情的時候，也跟異性戀一樣，不會只是想著上床、上床、上床；心裡想的，還有跟這個人在一起，一起散步、一起吃飯、一起逛街，一起做很多很多事情，然後相伴終老。

同志的性是不是特別亂？

假如我們認同同性戀也是人類，那麼異性戀有多少的性衝動，同性戀就有多少。同性戀不會比異性戀有更強大的性欲，請不要把同志神化了，同志還沒有那麼了不起。

就說我們吧，我不覺得我們會花很多時間在想性這回事上。百分之九十五的時間需要想的有，如何跟對方相處、工作、朋友、柴米油鹽、家人、房子、車子、銀行貸款……等等。性？晚上有時間的時候，雙方忽然想浪漫一下、忽然有性衝動，才忽然的做了。

以為同志是性動物，天天想性，沒有性就活不了的人，應該是看太多AV了。

所以，每次有人很興奮的問起我和你的性生活，我都提醒對方是時候看醫生了。

錢，錢，錢

跟你在一起那麼久，我很慶幸，錢從來不是我們吵架的原因。

我們對錢一直很看得開，不會因為誰多付出一點或誰付出的少一點而鬧起來。

生活中看到很多為了錢而鬧得不歡而散的夫妻、情侶；或是錢總是分得清清楚楚，你的是你的、我的是我的情侶；或是錢財上雙方互不相干的情侶。我們真不能理解他們在一起的原因是什麼，我常想去問這些人，這個所謂的另一半，在他們生命中到底占了什麼位置。

愛嗎？怎麼可能？愛了，不就應該以對方的幸福為重嗎？錢的多少，不應該高於愛這個大前提。

連錢都看不開，愛怎麼可能出現？

我很慶幸你不是這樣的人。我們都不是。

我記得你因為鼻癌而沒有上班的時候，你很擔心經濟來源的問題。我跟你說不用擔心，我可以應付。當時你還沒有完全相信這個站在你面前的人，可以為了你而把錢看開，願意一直這樣照顧你。

你看過太多表現邪惡的連續劇了，你總是對人性的善良不無懷疑。我理解你，因為我們整個社會都這樣做，都覺得錢才是安全感的保障，其他的，在他們眼裡看來都靠不住，包括愛情、親情、配偶都靠不住，唯有錢才是實實在在的。

我常常跟你說，我們只要一個人上班，就夠我們兩個人的花費。因為我們對物質生活要求不高，我們沒有買名牌的習慣，我們沒有大魚大肉的習慣，我們從來不會打腫臉充胖子，我們買的第一輛車也是廉價的國產車。我們最奢侈的就是到海邊，買一兩個月的海鮮回家，藏在冰櫃裡慢慢吃。

　　我們有一個習慣，凡是超過三百元馬幣（約新台幣兩千一百元）的東西，會先徵得對方同意才買，雖然這筆錢對我們來說很小，可是我們希望得到對方的認可，同時也讓對方覺得被尊重。

　　我在銀行開了一個帳戶，你可以隨時去提款，兩個人的信用卡我也每個月都還清，讓你不會遇到刷爆卡的情況。

　　你知道我賺錢不容易，所以你也從來不隨便亂花錢。

　　後來你重新上班了，我們的錢就混合得更厲害了。錢總是從這個帳戶到另一個帳戶，我還真的搞不清楚我們有多少個帳戶，哪一筆是我賺的，哪一筆是你賺的。我想，這對我們來說都不重要。

　　可是你有一個習慣我有點意見，就是你會忽然替我拿主意買保險、買股票，事後才告訴我。結果是，我最後連自己有多少份保險、銀行有多少錢、借給了誰多少錢，我都不知道，搞不清楚。

　　你比我更擅長理財，所以我通常就把錢交給你。只要有你在，我就知道我們不會有錢財問題。所以，不要問我我有多少錢，或我們有多少錢，我還真的不知道。關於錢的問題，去問你好了。

　　你癌症好了，重新上班後，我便可以開始不做全職的工作，因為你說的：「我們不需要那麼多錢。」我們要的是兩個人可以天天見面，可以一起生活。於是我便開始比較輕鬆的教書、寫文章、當義工、做社工、

買菜煮飯，同時也幫你去銀行跑腿，或是替你買彩票（你常常作彩票中獎的夢，也會規畫中獎之後錢怎麼花）。

這麼簡單的生活我們就很滿足了。

就像我們時常說的，錢只是工具，是達到快樂的工具，快樂才是目標。

再見了，台北

終於離開台灣。

在台灣其實也只是待了半年，這就要走了，很多朋友都覺得奇怪。

大家問我：「台灣不好嗎？」

台灣很好，真的很好。特別是台北，是世界最適合居住的城市之一。在台灣的半年裡，也住得很舒服，很開心。

只是，心裡總有那麼一股聲音在說：「往前走吧，往前走吧。」

為什麼往前走？我不知道。可是那股聲音是很明確的。生命中總有那麼一股聲音在指引著前面的道路。常常不知道為什麼，但就是去做了一些自己之前認為不可思議的事情。（人類生命中知道的東西太少了，對宇宙、對世界，甚至對自己，知道的都太少太少了。人類總以為自己控制得了這個世界，實際上，多數時候是連自己的生命都控制不了。）

在台北住到後來，這股聲音已特別清楚，覺得自己生命中還有一些事情未做。

我想，這就是我們時常說的「跟著感覺走」。

有這麼一種看法——生命中有些本來就想做的這些事情、達成的目標，一直留在潛意識裡。潛意識會不斷提醒我們，我們若不去做，潛意識便繼續不斷提醒，張力便越來越大。

探討生命一直是我想做的，你在的時候我在做，你走了之後，我探討

的空間更大了，聲音便更清楚了。

其實，你還在的時候，我就常常會提起「跟著感覺走」這種方式。由於人們總是對這種看起來很隨性的態度，帶有很多疑問，所以我也被問過很多次：「萬一感覺是錯的呢？」

如果跟著感覺走之後，發現原來是做了一個錯誤的決定，最少你知道那是錯的，知道接下來的路不能夠這樣走。這是一個學習的過程，總也好過什麼都不做，結果生命好像白來一趟。

有多少人前面怕黑，後面怕鬼，什麼都沒有做，結果是安安全全的，可是卻一生鬱悶的過去了？

我想，我寧願犯錯了，痛苦了，學習了，然後繼續往前走，比一生中什麼都沒有做，或只是做別人要我做的，心裡更舒坦，生命更燦爛。

你在的時候我就這樣犯了很多錯，可是，謝謝你一直陪著我，看著我犯錯，然後繼續站在我身邊，看我成長。

我這一生的燦爛，都虧欠你了。

親愛的。

瑞士雪

　　瑞士的好朋友 Ricci 的太太五十歲生日，邀請我們去參加她的生日慶典。對他們來說，五十大壽是很重要的，被邀請了就表示他們很重視我們的友誼，所以我只問了日期，就把機票訂好。

　　Ricci 是我二十多歲時，在一個國際學生交換計畫下認識的，能成為好朋友是因為很聊得來。

　　我們會偶爾見一次面，要嘛我飛去歐洲，要嘛我在亞洲的時候他會過來。我們就這樣來往，一直到我認識你、他跟 Ester 結婚、Thomas 出生。後來。有時是他們一家三口來馬來西亞找我們，或是我們去歐洲的時候，會在他們家小住一段時間。這樣斷斷續續的友誼，居然把相距半個地球的兩個家庭聯繫在一起。

　　特別是 Thomas 出生後，你跟 Thomas 特別有緣分，他很喜歡跟你一起。因為他每次調皮都會被我罵，而你一次都沒有對他發過脾氣。

　　我們就這樣看著 Thomas 從一個小搗蛋到念小學，然後中學，慢慢的長高，慢慢的變成一個很有禮貌的年輕人。

　　Ester 她總說我們很勇敢，覺得我們這樣相愛很不容易。

　　其實我們在瑞士還有一大票老相識，都是 Ricci 的朋友，所以這次去蘇黎世也是為了再見這些朋友。他們覺得這對來自亞洲的同志伴侶很有趣，他們喜歡聽我講故事、講笑話。

Ester 的生日在冬天，我們一到蘇黎世的第二天就漫天飛雪。你好久沒有看到雪了，一早就走到雪地上堆雪人。天氣很冷，可是你卻堆得那麼起勁。

那個下午 Ricci 的媽媽過來，跟我們一起走路去慶生的場所，其實就在 Ricci 的畫廊。這是你第一次見到 Ricci 的媽媽，我卻認識她幾乎二十年了。在雪花紛揚的路途上，你開心的在雪地上留下一個個深深的腳印。

慶生會裡，我們見了所有我在蘇黎世認識的朋友，見識了瑞士人如何慶祝五十大壽。我們兩個是五、六十個客人中，絕無僅有的亞洲面孔，我用上我蹩腳的德語與大家交談，居然也無往不利的大受歡迎，成了大紅人。

很感激 Ester 的邀請，讓我們可以重遊歐洲，不然你還是會以忙碌為藉口，繼續工作。

之後我們還去了義大利的佛羅倫斯和威尼斯，因為你一直想去這兩個地方。雖然假期只有兩個星期，可是你很開心，因為陪著你去的是你深愛的，也深愛你的人。

北京與小鳳仙

為什麼會來北京？說真的，我現在還在問自己這個問題。

我想是因為，我覺得要認識中國必須從北京開始。北京是中國的政治、文化及教育中心，到了北京，可以認識來自中國五湖四海的人，也可以看到所謂的大器。站在天安門廣場，感覺自己的渺小，站在長城的前面，感覺自己更加渺小。天壇、紫禁城、圓明園、頤和園，有哪一個不讓人感覺渺小，還加上濃濃的壓抑感？

一個人，在這個地方變得可有可無；在人流車流裡，人只是一個小小的螺絲釘，沒有了自己。

其實也不是第一次來北京，可是每次來，都覺得自己只是洪流中的一顆水珠。

第一個住的地方是客棧，是由老北京名妓小鳳仙的妓館舊院落改造而成。整個建築物仍然保留原來的建築風格，就像我們在古裝電視劇裡看到的妓院，房子的中間有一個不小的庭院，客人站在樓下挑選樓上站著的妓女，而妓女們在樓上揮動著手帕招攬客人，場面一片熱鬧。

當然，在這些笑臉相迎的女人裡，不知幾許是被逼良為娼的，過著私底下暗自流淚，身不由己的日子。她們夢想的，就是溫飽，就是可以做自己的主人。

我想，要是她們真的有一個摯愛的人去世了，她們也一樣會撕心裂肺

的傷心。可是，生活不會給她們太多的時光去哀悼，可能哭泣的當下又要接客了。

我不想比較誰更加痛苦，這樣做是沒有意義的。我在想，假如我是她們，我會怎麼樣。

我想，我會很快的對生死麻木，對痛苦麻木，因為生存才是當下的大挑戰。人類就有這種不管在任何困難的情況下，都以生存為基本的天性。

只有解決了生存問題，人們才開始思考如何生活得更豐盛，更燦爛。

今天的中國，應該基本上解決了溫飽問題，是不是應該開始思考我是誰，以及我為什麼是我了？

雖然中國不是我成長的地方，可是我對這個民族還是有信心的。不，應該說，我對人類是有信心的。

喔，是了，忘記說一件事情。小鳳仙那裡的房間，每一間都是木造的，踩在上面就吱吱嘎嘎響。真不知道以前的人們是怎麼在聲音這麼響的情況下辦事的。

親愛的，看，我又開始說笑了。

春節，在北京

　　這是離開馬來西亞之後第二個沒有你的春節。上一個在台北。

　　時間過得好快啊！已經是第三個自己一個人過的春節了。

　　節日裡總是特別想你。我還是和往年一樣，在年三十晚給你家裡打電話。電話裡沒有說太多話，怕自己太傷感而控制不了眼淚，更怕讓老人家傷心。

　　你姊姊和妹妹都回家了，你父母也應該不會在這個節日裡感到孤單了，而且你表哥一家也一直幫忙照顧你父母。我想，你應該可以放心了。

　　北京的春節比起平常安靜多了，因為大部分住在北京的都不是北京人，而是來工作的外地人、外省人。春節還沒有到，就都回家去了，於是北京馬上變成一座空城。

　　跟我一起合租房子的都是山東人，所以這時屋子裡只剩下我一個人。樓下的管理員大叔還問我為什麼沒有回馬來西亞。

　　是啊，為什麼不回家？

　　沒有你的家，我還能夠回去嗎？回去了還不是呆呆的自己一個人，然後傷感又起來。每年春節你回家鄉，我因為工作必須留在吉隆坡，每個晚上都跟你通電話，特別是年三十晚，我們一定聊到跨年。在一起的十七個春節從來沒有間斷過。

　　我要是現在在馬來西亞，我還能夠給你電話嗎？拿起電話……還能夠

打給誰？

　所以我留在北京，然後晚上十點就下樓看煙火。這時回不了家鄉的人或是北京人，都湧到街上。外面雖然很冷，可這是春節喔，冷算得了什麼？

　越靠近午夜十二點，人們的熱情越高漲，我就站在這些很開心的人群裡，看滿天飛舞的煙火，聽響徹北京城的炮竹聲。

　我忽然感覺很幸福，感覺雖然不能夠拉著你的手，可是我知道你是在我身邊的。

　我們一起享受這美好的時光，我們一起度過北京的春節。滿天的煙火因為有你在我心裡，而變得特別燦爛。

　親愛的，新年快樂。

我們的新房子

我們又買了新房子。

這間房子也是你選的。幾年前，我們散步經過這個新建築工地，便進去看它的房子，因為很喜歡它的格局，便買下來了。

這也是我們買的第一間新房子，之前的都是二手房，感覺還是不同的。

等了三年，終於建好了，我們開開心心作內部裝修。裝修的時候，我們遇到了第一個問題，是讓裝修公司拿主意呢，還是我們自己決定要用什麼家具、漆什麼顏色？

討論之間，我們像突然覺得，這本來就是我們自己住的地方，理論上要買什麼家具、怎麼樣裝修，自己拿主意不可以嗎？最多問問裝修公司一些技術上的意見作為參考，不就行了？

我們仔細聊起這個話題之後，發現原來後面藏了一個很大的啟示——我們之所以不敢自己拿主意，原因幾乎都是對自己沒有信心，怕自己選錯顏色、選錯家具、買錯了擺設，會讓客人見笑。

自己的房子幹嘛要管別人怎麼看？住的是自己又不是客人。客人喜歡不喜歡，理論上是不重要的。

我們看到了自己的兩個很可怕的價值觀——我們對自己沒有信心；我們也太在意別人的看法。

我們擔心自己會裝修不好、會出錯誤。

自己的房子出錯誤了有什麼要緊？我們不就是從錯誤中學習的嗎？而且誰說一定會出錯的？

在這麼一件私人財產上，就算出了錯誤，也不是什麼大不了的事情。事實是，我們對自己沒有信心。生命什麼地方出了毛病，讓我們把自己看得那麼渺小？

第二，在意別人的眼光。房子不是住得舒服最重要嗎？漆什麼顏色、怎麼裝修，不是應該主人說了算嗎？為什麼客人的評價那麼重要？

常常看到主人在新房子入住的時候，都問來參觀的客人：「客廳牆壁漆這個顏色好看嗎？這個沙發還可以嗎？這套廚具怎麼樣？大廳的擺設有什麼問題？」

想想這些客人，也還不是都沒有什麼裝修的經驗？為什麼我們還是那麼注重他們的看法？

所以，上道的客人都會裝作很欣賞的說：「哇，好漂亮喔！裝潢得很好喔！太棒了！你好會裝潢啊！」

最後是皆大歡喜，大家心知肚明誰也沒有在說真話。

我們決定不管其他人了。我們漆了橙色、綠色、淺藍色、米色，廚具用深紅色。

好比你說的：「我們開心就好，因為這是我們兩個人的家，我們感覺好就好。」

你妹妹來看我們的新房子時，私底下問我為什麼買九樓那麼高的房子，難道不知道你有夢遊症嗎？

我告訴你妹妹，我知道你有夢遊症，你還跟我說過，你小時候晚上爬起來夢遊去隔壁印度鄰居家打牌，還贏了他們很多錢，隔天起床卻完全

記不起來。

　　我告訴你妹妹，我們在一起之後，你再也沒有夢遊過了。

　　我沒有告訴她的是，就是因為知道你會夢遊，我每個晚上都握著你的手睡覺，只要你一起來我就知道。

　　你也喜歡握著我的手，你說這樣會讓你感覺很安全、放心，不會再半夜驚醒。

　　只要你願意，我便要這樣握著你的手，一輩子不放。

搬家，搬家

搬家了。

當然有點不捨得舊居，可是搬到新家還是很愉快的事情。其實，有你在，到哪裡都一樣快樂。

這次的新家在九樓，是我們住過最高的房子。面東，採光很好，而且隔一段距離才有其他房子，視野寬闊。坐在露台上還看到遠遠的群山，景色一流。我們喜歡坐在露台喝茶聊天。有時候遠遠的群山下起了雨，我們便有「山雨欲來風滿樓」的感覺。每次閃電，你就像一個很興奮的小孩一樣，拉著我的手說：「閃電了，閃電了。」

我還特別為你買了一個 L 形的沙發，讓你下班之後，吃了晚餐，舒舒服服的躺在上面看電視。你總是看沒有多久就睡著了，還打呼。

我喜歡看你睡著的樣子，很平靜，很安詳。你雖然都四十了，臉上卻還有嬰兒肥，很可愛。

開始跟你在一起的時候，發現你睡覺會打呼還真不習慣。可是現在要是沒有你的呼嚕聲，就覺得太安靜了，好像缺了什麼，有點睡不著。

新家的家具、屋子裡的顏色，都是我在問了你之後才決定，可是你都讓我做主。只有廚房壁櫥的顏色你堅持要大紅。大紅喔！多激烈的顏色。

可是你喜歡就好。我便讓裝修師父給壁櫥漆上紅色。每次我煮飯看著這滿滿一廚房的紅，便感覺到你的溫馨。後來我習慣了，還滿喜歡的。

雖然很多朋友都瞪大著眼睛看這紅彤彤的廚房，而不知道怎麼說好話。可是，房子是我們住的，我們喜歡就可以，其他人喜歡不喜歡，管它呢。

在這個廚房裡，我每天煮你喜歡吃的菜。你最喜歡我煮的酸菜蒸魚、馬鈴薯咖喱雞、奶油蝦，還有各種煮法的蛋。你喜歡吃蛋，所以我們幾乎天天都是洋蔥炒蛋、番茄炒蛋、三色蒸蛋、四季豆煎蛋、香菜煎蛋、小魚乾煎蛋；凡是蛋可以變的花樣，我都學了。

我大妹和我們一起買了同一棟樓的一個單位，就低我們兩層。她丈夫是你的同事。我大妹廚藝了得，所以我們也時常到他們家吃飯。

我們的房子有三間房間，除了我們的主人房，一間保留作書房，另一間是你家人來的時候用的客房。你家人雖然每天看著我們的大床，可是從來沒有說過什麼。我想，他們是習慣了。

你要是在太陽下山之前回到家，我就陪你一起在家附近散步，一邊散步一邊聊天。

這間我們一起經營的房子，我們住得很舒心。其實，有了你，住哪裡都一樣快樂。不是嗎？

北京，中國

在北京一段時候了，我住在一個同志分租出來的房間，就在鳥巢附近。選這個地點是因為我可以常常到奧運森林公園去散步。

北京很大，不對，應該說，北京非常非常大。大得每次出門坐車的時間平均單程九十分鐘，而且還是五環內。所以，來回就耗掉三個小時。於是我很少離開周邊區域。

加上北京空氣有時候真的很糟糕，遇上這種日子，我便把自己關在房子裡，把窗戶都關了，待到空氣漸漸好起來。可是，這樣一待，可能就是兩、三天。

可是空氣髒的時候，偶爾還是要出門辦些事情，這時便必須戴口罩了。出了門，卻發現路上戴口罩的幾乎只有我一個人，而且是老老少少都不戴。我便問那些我認識的人，不擔心嗎？

北京人便說，都習慣了。就是你們老外才那麼矯情。

我又聽到「習慣」這個詞。

習慣是一個多麼強大的東西啊，不管發生什麼事情，習慣了就好。

空氣那麼汙濁，也是可以習慣的。生命中很多自己不喜歡、不想做的事情，是可以慢慢習慣的。多麼大的悲痛，也一樣可以習慣的。

其實中國能夠在短短的三十多年裡，從一個什麼都沒有，從一個一窮二白的情況，走到今天的全球第二大經濟大國，是很不可思議的。中國

在一九八〇年代初，情況比印度更糟糕，當時也沒有多少人會預料到，中國可以用那麼短的時間，走到今天的地步。

假如要做一個比較，中國的經濟其實就在走著台灣、香港、新加坡之前走過的道路。這些地方還不是也走過重度汙染的時代？

只是我們還是會希望大陸不會走太多冤枉路，人們不會再說「習慣了就好」，或「只有你們外國人才那麼矯情」。

中國傳統價值觀，很強調一個「忍」字。對任何事情，不管是心理還是生理的忍耐力，都比世界上很多其他的文化強大。其實，整個東亞，包括韓國和日本的民族性都有很強的忍耐力。

所以，「習慣」就變成文化的一部分。

這就是我不斷說的，文化塑造了個人。

可是，文化傳承很多時候其實是人類往前走的一個障礙。特別是，當我們覺得我們的文化是偉大的、比別的文化優越的時候。

當一個族群感覺自身文化優越的時候，便失去向外學習的動力。

因為我們太過於覺得我們只能是中國人，我就只框在我的文化觀、道德觀裡，外面的都是不如我們的、沒啥好學的，就因為「我是中國人」。

在中國人的基礎上，**難道我們不能夠走得更遠**，也或多或少做一個丹麥人、印度人、德國人、墨西哥人嗎？要是能夠把世界都包容進來，我們的世界就變大了。

當我們「習慣」了只做一個中國人，要跳出中國人的框框是很不容易的。可是，也不是不可能，因為事在人為。

很多朋友覺得我到了中國就變成中國人了，老談中國的事情。

我想，是因為我父母都是廣東人，耳濡目染，我還是有那麼一絲的聯

繫感吧。

親愛的，你就跟著我好好的在北京待一待吧，可能我們也會習慣北京的空氣的。

迷失北京

　　在北京住下來之後，慢慢習慣了這個城市。你從來沒有跟我一起來過這個城市。你第一次來是差不多二十年前的一九九四年。那個時候我們和兩個朋友一起走絲綢之路，你因為需要趕回去上班，在蘭州就離開我們，自己飛北京，然後轉機回馬來西亞。我記得你還去了北京動物園，第一次看到熊貓，還滿興奮的。

　　北京現在改變很多，我想你肯定認不出來了。

　　我在北京的日子，接觸了許多人，特別是知識分子。可是只要一談起生命這個嚴肅的話題，大家好像都在吐苦水。總覺得生活是壓抑的，可是卻又走不出這種壓抑感。

　　這些人在想的是：生命為何？自小就努力念書，以為書念好了就會快樂，可是沒有。以為開始工作了情況會好一些，結果，也沒有。以為賺很多錢了，應該會快樂了吧，結果還是沒有。車子、房子更大，身邊的人覺得自己太了不起了，但是在這麼多羨慕的眼光下，還是不快樂。

　　他們幾乎都覺得自己活得沒有自我，年輕人這樣的感覺尤其嚴重，好像一生都是在聽話中過去。

　　聽領導的話、聽老師的話、聽父母的話、聽長輩的話……，聽完這些人的話之後，再也沒有時間、精力去聆聽自己內心的話。

　　內心沒有想法嗎？有的，而且多的是。可是整個社會都在告訴你，別

想那麼多，聽話就好，聽話就可以平平安安的過一生。

年輕人都說：「我不要平平安安啊！我要生活，不是生存。」

這，讓我想起我們年輕的時候，我們剛剛認識的時候。我們都是在傳統中國家庭長大，我們的家庭、社會、學校教育也都是教我們要聽話，做一個聽話的孩子就好。

就算後來你中學開始就半工半讀，念完大學後在國外工作，見識與學識都比家鄉的父母親戚長輩多得多，你還是覺得需要聽他們的話。

看到今天中國年輕人的苦悶，我想起了你。我們比較幸運的是，我們有機會不斷去上課，對生命不斷的反思。更重要的是，我們互相陪著對方，路上便不寂寞了。

我想，一個人必須認知，自我的價值觀並非唯一，世界上別樣的活法還有很多很多，不見得人家就比你不快樂。能夠走出自己文化的框框，走向更大的空間，便可能走出當下的壓抑。

我想，你跟我一起住在北京那麼久了，你會認同我對北京的看法——這是一個精采的，教人喜歡的地方，卻又是那麼讓人迷失自己的城市。

家怨

　　剛認識你的時候，你不太喜歡回家鄉。其實吉隆坡到你家鄉也不過三個小時，週末就可以輕輕鬆鬆的來回了。

　　我從來不問你，你也不說。因為我覺得這是你的隱私，我問了就不好。

　　一直到我們很親密了，決定在一起了，你才開始說你自己的故事。你一直覺得你父母沒有盡到做父母的責任，對你們兄弟姊妹很不好，動輒就打，從來不會體諒你們的狀況。

　　所以你很小就離開家，住到你阿姨那裡，你弟弟也在成年後到日本打工，你姊姊和妹妹都很早就離家到其他城市工作，家鄉就只剩下父母兩個老的。

　　其實，那個年代的孩子，很多都是在被父母打打罵罵的日子裡成長，包括我家也是一樣。

　　我父母有十個孩子，很多時候根本都弄不清楚哪個孩子現在在幹什麼。我們從小就知道不可以惹怒父母，不然就是藤條伺候。我父親特別兇，他平時不太說話，揍起人來就不是玩的。而且他揍人的時候只有他能說話，我們沒有解釋的餘地，小時候我們都超怕他。你沒見過他，因為在我認識你前半年他就去世了。

　　我母親也是一個厲害人物，兄弟姊妹沒有人敢惹她。她有自己的一套規矩，我們最好別越界，不然就吃不了兜著走。我們成年後也一個個離

開家鄉到外地工作、上學。就算留在家鄉的兄弟，也沒有人願意跟她一起住。他們都在她附近買房子成家，既可以照顧她，又不需要跟她同住一個屋簷下，看她的臉色。

後來我們才知道，好像所有人對父母都有著多多少少的怨恨，而且很多人一生都帶著這種怨恨，有的人則是在自己當了父母之後才釋懷。

其實，只要我們嘗試去了解父母，是可以理解為什麼他們會與孩子搞得那麼不愉快的。

好比我父母，他們的觀念是多子多孫多福氣，所以生十個很正常（你父母有四個也不容易）。兩個人要養這麼一大堆孩子，必須很努力的工作。一年三百六十五天，除了春節、年初一、年初二、年初三休息之外，其他的日子都必須工作。這樣拚死拚活的工作，怎麼可能有時間照顧孩子的身心？他們多數時候連自己的身心都照顧不了。

而且，我父母和你父母都是沒有受過教育的貧窮人家，你讓他們去哪裡吸收教育孩子的知識？他們管教孩子的唯一方法，就是從他們父母那裡學來的，那個年代的教育就是不打不成器。他們只能夠用他們唯一知道的方式教育孩子。

他們不想和孩子很親密，讓孩子對他們無話不談嗎？想的。可是他們不知道怎麼做。

我很開心我們後來都漸漸理解父母的困境，體諒他們很努力的把分內之事做好（雖然不能夠好到符合你的期望）。所以你後來回家鄉的次數多了，我也很開心的陪你一起回去。看到你能夠和父母很開放的聊天，不記過去的不愉快，我覺得是我們生命中的一個躍進。

放下怨恨，不管是對誰的怨恨，其實也是在放生自己。

京城飄雪

北京下雪了！而且還是中雪。整個北京城都蓋在銀白色的雪中。

我今天早上起床，才拉開窗簾，外面已經是白茫茫一片。

我馬上就想起你，你總是對雪有無限的鍾情。我還記得在澳洲雪山上，你躺在雪地裡；在瑞士和 Ricci 的兒子 Thomas 打雪仗；還有日本富士山上的雪；你還在維也納冰封的河面上吃雪糕。

我多想和你一起，在這白茫茫的北京城看雪。記得你提過，你在北京景山公園看過紫禁城，於是我吃了早餐，迎著刮面的冷風，搭公車去景山公園。

北京一下雪，交通就更亂了，車子繞了好一會的路才到達景山公園。我爬到最高的那個亭，站在你很多年前站過的地方，遙望著你很喜歡的紫禁城。灰濛濛的天，白茫茫的宮殿樓閣，雪還是下個不停。

我真的特別想你，可是卻沒有多少的傷感，有的是平靜，安詳。我想，我若現在還悲傷，就拖太久了，你也不會希望我這樣。

這樣的天氣，來景山的人不多，我就坐在亭子裡，讓你陪著，看飄雪，直到天都暗了下來。

愛情與期望

　　我們最近一次散步的時候，很嚴肅的談論了為什麼我們時常吵架這個問題。

　　只有找出了問題的根源，問題才可能解決。而且我們決定在一起了，知道分不開了，又不想像某些夫妻、男女朋友、同志伴侶一樣互相殘殺，那就面對問題吧！

　　還記得那對時常打架，打得臉青眼腫的 CL 跟 PS 嗎？一打架了，就一個跑到我們家避難，另一個不久追過來，然後在大門開罵，罵得整條街都知道。罵完了，就高高興興的一起回家。但是不久後，又來上演同一齣戲碼。

　　我們都不想這樣，這樣太辛苦了；這樣不是愛情，是互相折磨；這樣不是生活，是生存。

　　理論上，兩個人相處不來了，感覺不到歡愉了，就是時候分開了。可是偏偏有那麼多男男女女在互相殘殺之後，還是分不開，還是繼續殘殺下去。

　　有一種理論是這樣理解互相殘殺的：這兩個人在一起雖然痛苦，分開卻更痛苦。兩個人在這樣痛苦的關係中，歡愉還是大於痛苦的。

　　我們都是理智的，我們也是知識分子，理論上可以處理這樣的事情。我們不想像我們父母那輩人一樣，把一切都歸罪到「命」，只能夠「認

命」。

其實，從我們的過去，就找得出我們很多相處出問題的原因。

第一，我們自小都很獨立，生命都是自己在拿主意。從小學、中學、大學，出社會工作，從來就不覺得自己做決定有什麼問題。

可是當兩個獨立的人在一塊的時候，問題就出現在誰應該聽誰的，誰才是應該做最後決定的人。這一點上，我們兩個都不願意讓步，因為我們都習慣由自己說了算。

所以當有矛盾的時候，互相都堅持自己的看法，大戰就這樣開始了。

第二，我們成長過程不同，我們對事情的看法自然不同。不要說什麼社會問題、國家大事這樣大的事情，就說平常生活裡雞毛蒜皮的小事，處理方式都不同。特別是雞毛蒜皮的小事，我們以前從不需要對誰讓步，現在不再是一個人說了算，便很容易引起戰爭。

第三，傳統文化裡，我們對越親密的人越「應該」有期望。可是我們都知道，期望越大，失望就越大。也就是為什麼我們對身邊親密的人，愛人、親人、家人都特別多埋怨，而不會對路人甲乙丙丁有同樣的埋怨，因為我們對他們沒有什麼期望。我不管這些路人是不是會常常遲到，會不會上廁所不沖水，會不會吃完飯不洗碗。

沒有期望便沒有失望。

期望其實是一個很有趣的價值觀。看看我們自己，其實也對自己有很多的期望。記得小時候都寫過「我的志願」嗎？多少人實現了這些願望？我們時常對自己說，我必須改變這個習慣、那個習慣，可是改了多少？是不是都在原地踏步？

我們連自己的願望都實現不了，有什麼權利要求對方實現我對他的願

望，或是改變他的一些習慣？

第四，我們也發現我們之所以吵得下去，總是因為對方說了一些傷害自尊的話，覺得對方不給自己面子。比如，我最討厭你在朋友面前說我的缺點，數落我，把我說得一無是處。

我們習慣了做人一定要有面子，不能夠讓別人看不起，別人怎麼看自己是生命中最重要的。原來我們一生都在為別人而活，而沒有真正問過自己要什麼。

就因為面子那麼重要，只要一觸及自尊，我們肯定會大吵一架。意見不合的時候，我們也不知不覺會說一些傷害對方自尊的事情。

就這麼抽絲剝繭的看我們的相處，要去面對這些吵架的「因素」就不困難，我們最近也應付得很好。

我想，就只是「愛」對方就好。因為「愛」了，習慣可以改變，自尊可以放下，期望可以不再。

謝謝你讓我看到我生命的不足，讓我看到我可以就只是單純的愛你，其他的都不重要。

再聊生死

最近好像一直都有人跟我聊生死的問題。

前些時候，一個跟我認識了二十年，時常把兩個孩子帶來我們家游泳、聊天，你叫他「胖胖」的 J 去世了。大腸癌。家人都有心理準備，因為這個病拖好一陣子了。他原來是一個大胖子，可是走的時候已經骨瘦如柴。

然後有一個單身的朋友，因為心臟病發作，屍體在家兩天了才被發現。

還有一個同事在工作的時候，忽然倒下，就走了。

人們總是以為，死是一件可怕的事情。這當然跟人類的求生本能有很大的關係。

你在的時候，我就開始參考一些醫學報告，特別是臨終關懷的學術報告，認為臨終的病人還是有一個機制，從知道自己面臨死亡，然後否認、憤怒、抱怨、向神求助，到漸漸的接受死亡，最後安詳的離開。

雖然你沒有機會走過這些過程，可是我相信你的離開是安詳的。我知道你也許不捨，可是你知道我一直陪著你，你知道我有多愛你，你便也離開得平靜了。

人類的知識範圍相對於整個宇宙來說是小得可憐，我們對死亡知道的就更少了。我沒有宗教信仰，你的宗教信仰也不強烈，所以我們不知道人死之後去了哪裡，不知道死了之後還會回來嗎？也不知道死後的情況

是怎麼樣。

　　對於有宗教信仰的人來說，這個問題簡單多了。基督教、天主教、伊斯蘭教都相信天堂，死後會回到主的身邊；佛教、印度教相信輪迴；有的信仰則相信會回到大自然去，重新和宇宙融為一體。

　　當然也有的看法是，死亡就是終點。

　　我想，宇宙那麼大，還容不下一個靈魂嗎？所以，我相信，也沒有懷疑過，我們還會再見的。至少，我這些年對生命的探討都往這個方向去，都讓我相信生生不滅。

　　愛不滅，生生亦不滅。我還要抱抱你，還要拉你的手散步，走很遠的路，然後一邊聊天。

　　生燦爛，死還不如此？

同學

　　我們有空的時候，習慣去上課增長知識。這麼多年來，上的都是哲學、心理學及人際關係的課程。

　　特別開心跟你一起去上課，因為可以跟你一起開車去，一起開車回家。在車上我們可以聊很多話題，也可以探討我們剛剛學過的知識。

　　我發現，大部分的人在學校畢業之後，很少繼續上課、學習，總覺得自己學夠了，而且學習對大部分人來說是很苦的，學習就是考試，就是苦差。

　　很多成年人不知道的是，學習可以增進知識，增廣見聞，讓生命更快樂輕鬆。學習也可以很有趣，也可以根據自己的進度一步一步的來。

　　宇宙那麼大，知識那麼廣，誰要覺得自己認識夠了，除了夜郎自大之外，不知還能怎樣形容這樣的價值觀。

　　我們一起上過的課程中，最有趣的是伴侶關係課。全班二十多個同學，都是我們在過去好幾次的課程中就認識的，所以大家都知道我們是同志伴侶。這一群同學幾乎都是知識分子，所以相對的更能夠包容差異。馬來西亞這樣一個比較保守的國家，有一群這樣的知識分子是很值得慶幸的。我們看到這個國家的中庸力量還在，而且這群知識分子也是影響整個社會的主幹力量。我們多麼希望在馬來西亞漸漸向保守力量靠攏的今天，能夠有更多這樣的群體出現。

由於相處了一段時間，同學跟我們的關係漸漸的密切，有一些同學的態度從排斥轉為接受，更出乎我們意料的是佩服之意。他們覺得兩個相愛的同志在宗教這麼保守的國家，能夠堅持一步一腳印的走了十多年，很不容易。而且他們也看到、感覺到我們的相愛。他們佩服的是那種堅持的愛情，那種在那麼大的壓力下，連他們都維持不來的愛情。

讓他們看到我們的愛情，也是讓這一群可能從來沒有同志朋友，或是不了解同志的同學，更容易接受同志。了解到同志的愛情一樣可以偉大、真誠、堅持。

所以，在同志運動中，我常常說，最有效的、最和平的一種方式，就是完全活出自己，讓非同志看到我們、感受到我們其實和他們一樣，對他們沒有殺傷力，而且可以是很好的人、真誠的朋友、腳踏實地的家人、友善的同事、很棒的員工。他們便自然而然會站到你這一邊，支持你、認同你。

我們上這個伴侶關係最搞笑的事情是，我們居然被公認為全班裡最相愛的伴侶。大家這樣認為是因為我們喜歡坐在一起，有時候會無意的拉拉對方的手，替對方掃掉衣服上的汙點，含情脈脈看著對方，而且都坐在一起了，還要靠得那麼近（我們就是喜歡這樣，這樣才感覺到對方的存在）。其他同學才不要跟自己的另一半坐得那麼親密，還會故意去和其他同學一起坐，所以，他們都覺得我們兩個又奇怪又甜蜜。

還有一次，一個信回教的女同學問我們，可不可以教教她老公什麼是愛情。

我們是真的相愛。相愛的人自然就親密，是不需要教的。

偶然與必然

你走了之後，我時常問自己，要是當時我多做了或少做了一些什麼，你是不是就不會離開，我們的緣分是不是就可以走得很遠很遠？

這個問題幾乎是所有失去摯愛的人都會問的。這是在自我責怪，希望時光倒流。

後來冷靜下來了，我開始思考這件事情的偶然性和其必然性。

我一直在責怪自己的，也是你父母在說的：為什麼我不好好的照顧你，讓你那麼拚命工作，我們又不是等著你的工資開飯。

可是，看看我們兩個人的性格，似乎又遲早會走到這一步。

先說我吧。以我的性格，一直以來就覺得這是你的生命，你絕對有權利自己決定什麼是應該，什麼是不應該做的事情。而且你早已是成年人了，只是比我小六歲，知道的也不會比我少，我有什麼權利覺得我知道的比你多，比你正確？既然知道的並不比你多、比你正確，我又有什麼權利干涉你對事情的決定權？

就算我知道的比你多，可是這不代表我的決定就一定是正確的。

還記得我們常常說的，一千年前人類都知道這個地球是平的；五百年前，所有的人，包括所有黑人，都知道黑人一出生就是白人的奴隸；一百年前，我母親那個年代，所有人，包括所有女人（也包括我母親）都知道，女人的一生都是男人的財產。

今天，我哪裡敢說我知道的肯定正確。

我相信愛一個人就讓他做自己，做他覺得開心的事情。你一直都因為工作上的滿足感而開心，我就更找不到理由去阻止你了。

就因為我愛你。

說你吧。你的性格一直就是，只要你認定的事情，很少會轉彎的。不管我說什麼或你家人說什麼，也改變不了你。以你當時在工作上的快樂，我不認為我們任何一個人阻攔得了你。

也許我可以用死、用分手來要脅你，可是我的性格不是這樣的。假如我真是這樣，你也不會愛這樣的人。

走到這一步，有那麼多的必然因素，不是你我可以阻攔。

可是，就沒有偶然因素嗎？有的，多著呢。

若不是有一家公司忽然想起你，打了電話給你，而你也忽然覺得可以去看看，你便不會去這間公司上班。

若不是你上班的公司居然那麼看重你，而且公司那麼缺人，那麼你就不會那麼拼。

你在這間公司工作時，不是有很多其他公司在挖你嗎？待遇還更好。你本來有好幾次想要去新公司了，機緣巧合之下你都沒有去。

不管是偶然還是必然，我們最後還是走到這一步，而且走到了無可挽回的這一地步。

我當然可以選擇抱著你的影子過下半生，可是我選擇走出你的陰影，繼續燦爛的活出自己來，直到我們再見的那一天。

親愛的，這個北京的夜裡，想你了。

一起上路

最近跟大妹視訊聊天，因為很久沒有聊天了，便天南地北的聊起來。

談著談著，我提到了你，語氣很輕鬆。大妹看了我好一會，終於說出她憋了很久的話。她問我是真的放下你了嗎？因為她們一直不敢提你的名字，就害怕把傷口撐開。而且我一直在國外，不就是為了逃避這個問題嗎？

我說，我知道大家一直在避開這個話題。是的，我剛開始有很長一段時間也不想提到這件事。提了，除了難過，我還能夠做什麼？

可是，都過了三年，我還卡在那兒的話，就卡得太久了。

放下了嗎？我想我一輩子都不太可能完全放下，你永遠在我生命中占有一個很重要的位置。我接受了你的離去，只是心裡還是不捨。但就算再不捨，我知道我必須繼續放下，因為不捨改變不了你不在的事實。

我對大妹說，你們問吧，什麼問題都可以問，百無禁忌。

話雖然是這樣說了，後來回到自己的空間，還是覺得難過。因為我到底還是一個有七情六欲、會難過悲哀的人。

大妹還真的問了你離開之後我的感受。我很坦白的說了。其實好像都是我在說，她問的也不多。說清楚也好，大家不用再擔心，不用覺得你離開了，我就再也走不下去，不用擔心什麼時候聽說我跳樓跳海跳懸崖。

有這麼一句話「世界上沒有人會因為少了誰就活不下去」。地球繼續

轉動，身邊的人繼續活著，該幹啥就幹啥。北京繼續堵車，KTV 繼續每晚人滿為患，垃圾車每天早上繼續播著蘭花草把我從夢中吵醒。

三年，太久了啦。人生能有多少個三年。用了三年的傷痛去悼念你，是時候繼續上路，繼續往前走，讓生命像你還在的時候，一樣燦爛精采。

不是風動，不是幡動，仁者心動。

親愛的，我們一起上路，你繼續分享我生命的精采。

別了，帝都

決定離開北京，因為我覺得在北京待了太久，算算都有九個月了。九個月對一個居民來說不長，可是對一個過客來說太久了。

來北京之前，沒有想過會在北京待多少時間，只覺得這是中國的視窗，會看到、學到很多東西。這是我喜歡大城市的原因，很多人、很多事、很多在小地方看不到的事物。世界上像北京這樣的超級大城市不多，而且文化與歷史那麼深遠的更少了。

大城市都是複雜的，因為能夠在大城市生活的人總是不單純；同樣的，單純的人在大城市就相對難以生存下去。

可是大城市是了解一個國家很好的選擇，你了解了這個國家的複雜，再去了解它的單純，便容易發現它可愛的地方。

我是不喜歡大城市的，除了學習之外，我往往覺得大城市一無是處。亞洲能夠讓我真正喜歡的大城市還不多，台北是一個異數。要不是你在吉隆坡，我想我連吉隆坡都不會待太長時間。記得在一九九〇年代初回到吉隆坡，還覺得這個城市很安靜、安全，交通也還可以忍受。可是越往後走，吉隆坡的情況越糟糕。今天，你不在了，吉隆坡便沒有了我逗留的理由。

說回北京吧。我想，若說世界上還有哪一個我去過的城市，有如北京這種豪氣的感覺的話，那就是俄羅斯的聖彼德堡了。

在北京，一切都「大」，而且還是超級大那種。你讓任何一個老外往紫禁城、天安門廣場、長城隨便一站，老外的嘴巴就闔不攏了。我想，這就是中國人的文化——越大越好，越大越有氣派，越大越能夠擺在檯面上。

對我來說，九個月的「氣派」足夠了。

那麼大的城市，一個壞處是，我往哪一個方向去，都最少得花上一個小時。而且北京還出了名的堵車，特別是上班下班時間，遇到下雨下雪（還好，北京下雪時間不多）就更糟糕了，整個北京城就變成了一個很大的停車場。

北京因為大，所以人也多。人多了，就好像其他大城市一樣，人情味就淡了，因為大家都要保護自己，都對別人有防備心。我喜歡對人微笑的習慣，在北京就被認為另有所圖。

北京趕走我的主要原因還是它的空氣品質。在北京的九個月裡，我看到藍天的日子好像沒超過一星期。別說藍天，偶爾看到太陽穿過霧霾就很高興了。所以，我很少出門，只在住處附近逛逛，在森林公園散散步。據說北京政府打算整治北京的空氣。希望如此吧。希望我下一次再來北京的時候，是天天天藍。

除了上面說的情況，我其實是喜歡北京的。至少我在一九九三年第一次來北京的感覺就很好。

我喜歡北京的人文氣息。作為一個文化中心，北京的文化活動多姿多彩，跟世界其他大城市相比毫不遜色。在北京認識的朋友，好像跟藝術多多少少都沾上了邊，這當然也是因為北京是中國的教育中心。特別是一走進海淀區，來來往往的都是知識分子，中國最好的大學都在那裡了

海淀的商業區還是有雜亂的感覺，可是同時也充滿了活力。人來人往的大街上幾乎都是年輕人，年輕便是陽光，便是活力。

我還喜歡在北京少數尚存的舊城區，隨意轉轉。看看從四合院裡伸出牆外的花花草草，看看僅夠一個人走的小胡同，如何應付下班時候的熙攘，偶爾還加上像我這樣不知所謂的遊客。只有在這樣的舊城裡，我還微微感覺到北京城的一絲幽靜、祥和、樸實。

在北京的時候，我幾乎都不去遊客區，只要看到這些如鴨子一樣的遊客，我就不由得緊張起來。除非朋友從國外來找我，我才會勉為其難的當一回導遊。

我唯一自己多次去的遊客區是景山公園。景山不是最熱門的景點，所以遊客沒有那麼多。我總能夠找到一個安靜的地方，靜坐遠眺紫禁城，然後思路便飛到幾百年前，感受這些皇帝、皇后、貴妃、宮女、太監，是怎麼樣在這深宮大院裡度過一生。

九個月在北京，夠了。明天就飛柏林，一個和北京一樣的大城市。

我們明天一起上路囉。

我願化身石橋

時常有人問我，特別是非同志會問，假如可以選擇，我還願意「做」同志嗎？因為在他們的眼裡，同志生命那麼壓抑，是悲慘的。

我通常會說，在回答這個問題之前，我需要澄清的是，同性戀不是「做」或者「不做」的問題，而是「是」或者「不是」。

同性戀是做不來的，沒有同性戀傾向的人是「做」不了的。你讓一個非同性戀去跟同性發生性關係，其實跟強姦沒有什麼分別。同樣的道理，你讓一個同性戀去跟一個異性發生性行為，心理上是接受不來的。

起碼我就不可以。

也許很多宗教學者認為，同性戀是後天培養，不是先天的。然後找出一大堆造成同性戀的原因，例如總有一個弱勢父親和一個強勢母親、小時候受過性侵犯、成長環境沒有或很少同性。

這樣的看法讓我感覺是先設定了答案，再找問題。意思就是，先肯定同性戀是後天的，然後再找一些「原因」去支持這個定論。我不知道這些所謂的「學者」，這樣違背自己的良知做學問，如何對得起自己的神。

其實這樣昧著良心的學者在歷史上多得是，比如以前會說，女人的命運是屬於男人的，因為這是神的旨意，然後會有一大堆的理論去支持這個定論。歷史上便充滿了殘害女人的故事。我曾經到過一個亞洲國家，當地的「知識分子」就告訴過我，在他們的社會裡，女人和狗是同一個

地位。

還有，黑人是白人的奴隸，從開天闢地以來就是真理。黑人本來就是和其他動物一樣，可以自由買賣；白人和黑人發生性關係是人獸戀，必須判死刑的。甚至一些宗教的教規裡就明文規定，而且有一大堆的學者、學說撐腰。

我見過一個文化，認為雙胞胎是神的懲罰，必須殺死其中一個，懲罰才能夠消除。雖然現在不再殺人，可是鄉下還是有排斥雙胞胎的父母。這樣的文化，千百年如是，誰敢說是錯的？

回答一開始那個問題：可能的話，我願意選擇當個非同志嗎？

我喜歡回答這個問題，因為我的經驗讓我很堅定的回答：「不願意。」

我不是排斥異性戀，我是在說，我的同性戀身分，讓我體驗了一些異性戀比較難以體驗的經歷，而我願意面對社會的壓力，而繼續體驗這個經歷。

第一，同志身分讓我看到，原來人類多麼沒有自我。我們幾乎就是社會文化的產物，社會教我們什麼，我們便全盤接受，不再去探討這些理論是否正確。假如我是異性戀，在這樣的社會培養之下，我一樣會打壓同性戀，因為學校、社會、家庭是這樣教育我們的。我們有什麼智慧去說這些教育是錯的？而且這是千百年留下的傳統，誰敢說不是，我第一個就廢了他。

假如我是一個非同志，我一生相信就只能夠屈服在社會的大方向，而失去自己。這樣的生命，對我來說很不豐盛，因為沒有自己。生命不豐盛，卻也不知道為什麼，因為那是幾千年的智慧，我何德何能去責問？

同志身分讓我必須推翻「傳統道德觀」，因為傳統跟我的天性是互相

矛盾的，走出「傳統必是正確的」這個思想誤區，便打開了一個無限的空間，讓我看到了生命可以無限廣大，可以任我遨遊其中。

第二個才是我「選擇」當同志的主要原因——因為你。

我知道你跟我在一起不圖我什麼。你跟我在一起不會特別光榮的（相反的，是讓人看不起，覺得你「變態」），也不會因為有利益（我們沒有名份，我的財產在社會共識裡，永遠不會屬於你）。你需要面對巨大的社會壓力，在很長一段時間的掙扎之後，才能夠接受我們的關係，可以想像我對你是多麼重要。

在這樣壓力巨大、沒有任何利益或光榮可言的情況下，你仍然選擇跟我在一起，可以想像你對我的愛必是至真的、至誠的。

生命中能夠有這樣一份至真至誠的愛，此生不枉啊！

我下一世還要當你的同志愛人，有你用這樣的心來愛我，我太幸福了！

我願化身石橋，經五百年風吹，五百年雨打，就為你能在橋上走一遭。

夏天，在柏林

　　來柏林的原因有幾個。第一，北京的夏天太熱了。

　　第二，年輕的時候在這裡念過書，所以在這裡有很多朋友，而且這些朋友都認識你。這是第一次你不在之後我來柏林。我覺得是時候見見朋友了，因為這段日子以來，大家都在關心我過得是否還好。

　　第三，你也曾經在柏林小住一段時間，而且還在同一間學校上課。柏林也是你熟悉的，我想在你熟悉的 Zoologischgarten（動物園）公園曬曬太陽，在 Brandenburger Tor（勃蘭登堡門）前散散步，看看人來人往的各國遊客，在你住的 Hermannplatz（赫爾曼廣場）感覺你的身影。

　　柏林是一個很舒服的城市，生活費還可以（後來發現，柏林的生活費居然比北京低），這裡是德國的文化、政治、教育中心。這一點跟北京很相像。可是柏林沒有高樓大廈，沒有匆匆忙忙的人潮，沒有污染的空氣。有的，是很有教養、很有禮貌，也很友善的居民，城市很乾淨，綠化做得很好，環境井井有條。還有可以隨意游泳，清澈透底的河流湖泊。

　　這是一個可以讓我休息的地方。讓我離開馬來西亞，離開亞洲，離開我們成長、生活的地方，讓我可以以更大的距離，去面對你的離去；更深遠的觀察自己，去思考我接下來的生命，到底往哪一個方向去。

　　我一到步，開自行車店的 Thomas 送了我一輛自行車，便解決了交通問題。柏林太平坦了，整個城市都有自行車道，除非要去的地方很遠，

不然我都騎自行車。

在 Naif 的家住了兩個星期，我就找到了其他住處，是一個教鋼琴老師的工作室裡多餘的房間。比北京的房間大兩倍，環境好上很多，租金居然跟北京一樣。

接下來的三個月，是我人生的另一個思考期。走出你離開的傷痛，現在要思考我的生命是什麼，意義何在了。

親愛的。

Naif 與 Welheim

　　以前在柏林念書的時候，Naif 是我當時最要好的朋友，到今天，他還是我在歐洲最好的同志朋友。你在的時候，有時候他每年都來馬來西亞找我們，住我們家，有時候是幾年來一次。我們的交往從未間斷，而他又跟你特別好，見面的時候，你和他總是有的沒的聊上半天，我都插不上嘴。

　　Naif 是我當年在柏林最早認識的亞洲同志，柏林本來亞洲人就少，所以我們特別聊得來。加上他來自印尼，我們有時候還會說印尼話，有時候他會煮印尼餐，讓我懷念懷念東南亞風味。

　　提他，是因為從他身上看到，一個為了愛情而放棄一切的故事。

　　Naif 是阿拉伯裔印尼人，家族在印尼算是不小的富豪，家裡光傭人就有十多個。所以自小養尊處優。高中就被送到英國的貴族學校，在英國直到大學畢業後，進到家族位於中東的酒店工作。以為就這樣平平安安的過一生了，結果竟然在中東遇到德國籍的男朋友，愛上了，便改變了他一生。他放棄了中東的工作，跟男朋友跑到柏林來。那個時候是一九八〇年代末，連柏林圍牆都還沒有倒下，所以，當時同志的待遇是不太好的。

　　由於沒有名份，Naif 在德國的居留是不合法的。可是為了生活，為了男朋友，又不想靠他生活，Naif 只能夠在咖啡館裡打黑工。在當時是很

苦的，無法光明正大的生活。

印尼的家人一直問他為什麼去德國，他不知道怎麼回答，因為他們家族是豪門，加上又是回教家庭，他更加不能說了。

可是他還是堅持要留在男朋友身邊，放棄印尼的財富，放棄安安穩穩的工作，就為了愛情。

要到很多很多年後，德國承認了同志伴侶，Naif 才可以合法的在德國居留。你最後見他的那次，是他回印尼時經過吉隆坡。回印尼，是為了辦理放棄印尼國籍的手續。等到你離開了，他才第一次以德國國籍來吉隆坡找我，為的就是來慰問我這個剛剛失去伴侶的好朋友。

Naif 的男朋友 Welheim 是另一個傳奇。他的博士論文研究的是東南亞少數民族，地點就在新幾內亞。

他後來的工作就是帶學者團到東南亞、中東、遠東，一邊走，一邊講解當地的歷史文化。他最辛苦的一個團就是從西亞，一直沿著絲綢之路到西安。

兩個完全不同文化背景、國籍、膚色的人走到一塊；相愛，從需要躲躲藏藏過日子到正式結婚，跨越了二十多年的時間。如果這不叫愛情，我真不知道愛情是什麼。

今天，我們就一起用晚餐。Welheim 下廚。

我們倆的學校

　　昨天去找 Naif 的時候，經過你之前上課的語言學校，我特別拐進去看看。很多年沒有去探訪這間以前我也念過的學校。

　　才進去，腦子就冒出了「桃花依舊，人面全非」這句話，便禁不住淡淡的哀傷。

　　二十多年前，我背著書包進出這間學校，然後時空轉換了，那個人變成了你。然後，今天站在這兒的人又是我，仍是一個人。

　　這間德語學校的特色是什麼國籍的人都有，都是五湖四海的非德國人。一個班裡從來沒有所謂的多數人種，年齡也差距很大，共同點的是，幾乎每一個離鄉背井的人背後都有一個故事。我所知道的，就有一個不想回家的義大利空姐、一個跟丈夫飄洋過海來柏林打工的韓國女孩、一個蘇聯單親媽媽、一個打算移民的浙江小夥子、一個逃難來德國的非洲人、一個從來不跟任何人說話的北朝鮮年輕人，還有很多很多不可思議的故事。

　　這間學校讓我打開眼界，讓我發現自己生命中所謂的困難，只要一經過比較，就什麼都不算了。所謂走不過去的關卡，也只是心裡上走不過去罷了。

　　這裡也讓我認識到，除了馬來西亞，除了亞洲，還有一些我們聽過，卻好像什麼都不知道的世界。而我生命中的痛，放在這世界版圖上，顯

得可有可無。

　　每個經過這個門的人，不管帶著多大的痛苦來，走的時候什麼都不留下。來上課的人繼續上課，下了課大家一鬨而散。地球繼續在轉，學校繼續上課。

　　是啊，人類總把自己生命裡的事情看得特別重要，我的生活往往就是整個世界。

　　試試把自己的世界放大，是不是會讓生命更開闊一些？

　　這就是我來柏林的原因。

　　親愛的。

柏林房東

　　我在柏林的房東 Chris 是個四十多歲的音樂家，很帥氣，還有一個孩子。去看房的時候，還擔心他會因為我是一個亞洲人而排斥我。看房當時，我也告訴他我是同志，因為我不想隱瞞什麼。他要真不喜歡我也就算了，因為我不想跟一個排同的人住一塊。

　　看房之後，Chris 當天晚上就給我電話，說歡迎我去住。後來才知道，我一直以為的障礙，居然是他租房給我的原因。原來他們的教育是鼓勵他們大量接觸不同的文化，體驗不同的人生。

　　這樣的價值觀，很少在單一民族為主的國家出現。看看東方的中國、日本、韓國，我們雖然不表現得不友善，可是我們能夠不接觸的話總是盡量不接觸。

　　這樣的觀念，不知讓我們失去多少的學習、交流與成長的機會。

　　德國在第二次世界大戰後，變成了一個非常包容的國家。他們在大戰裡學到了人性、仁慈、和平。他們從來不否認過去的錯誤，該賠償的就賠償，該道歉的就道歉。也答應永不再發動戰爭。

　　我還真的沒有看過這麼勇於承認錯誤的民族、國家。我想，這是亞洲國家可以學習的地方。

　　所以，作為一個外國人，我在柏林的日子是很輕鬆的，比我過去曾經去過的任何一個，一眼就看出我是外國人的國家都自在。也是你給與最

高評價的國家。

　　想想，一個國家，一個民族，放下了民族／國家的自豪感，不再把自己局限於某一個區域，不是「我的就是最好、最了不起的」，這個民族／國家便為自己開啓了一個成長之門，走向更開闊的學識空間。

　　亞洲到目前為止，在克服排外上還需要走一段很長的路，你看不到，我也活不了那麼久去見證那個時代了。只希望你我都不在後的不久將來，人類不再懼怕非我族類，而是打開雙手歡迎差別。

　　在柏林和你分享這個城市，親愛的。

你的爸爸媽媽

　　跟你一起那麼多年，我發現我跟你家人一直不太親密。

　　每次你回家鄉江沙，我幾乎都陪你一起回去，除了春節，因為我總是在春節的時候最忙。其他的時間，你都盡量遷就我的時間表，因為你喜歡我陪你回去。

　　我陪你回去的話，我們可以一路聊天聊到你家鄉。其實一般人從吉隆坡開車到江沙也不過兩個半小時，可是我們總會開得很慢，還一路在休息站歇歇，然後在離你家幾十公里的怡寶吃東西，往往花掉四個小時才回到江沙。

　　我們最近回去得特別勤，一個多月一次。

　　我不知道你父母對我的印象如何，不知道會不會埋怨我把他們的孩子搶走。可是我相信他們是喜歡我每次跟你一起回去的，因為我們可以輪流開車，輕鬆些。而且他們都知道我是一個很穩妥的駕駛，從來不超速。

　　他們每次見到我都很客氣，就算我做了什麼他們不滿意的事情，他們也很客氣的告訴我他們的想法。

　　你父親不太說話，每次見到我就只是笑笑、點個頭，就去忙他自己的事。溝通的好像都是你母親。

　　我知道你對你母親一直有意見，覺得她在你們小的時候對你們不好。你們童年都是在她的打罵中度過，所以你很小就離家出走，住到你阿姨

家去。

我剛認識你的時候，你跟你母親的話不多，我發現你母親每次跟你說話都小心翼翼，好像擔心說錯了話。

我勸你放下小時候的事情，別記恨。那個年代，作父母的都要拚生活，哪有時間好好的思考怎麼教育孩子？他們唯一知道的方式，是繼承他們父母的方式，就是不打不成器。他們每天工作回來，都精疲力竭了，孩子一不如意，他們只能夠用他們知道的方式，好好的把孩子揍一頓，揍到他們聽話為止。什麼愛的教育，他們連聽都沒有聽過。

我不是向你說教或是唱高調，我只是覺得人只要將心比心，理解對方的生活環境所給予的影響，我們就能夠體諒他們為什麼這樣做。

你父母不希望可以和孩子好好相處，很親密的什麼都聊嗎？想的，任何一個父母都想。可是他們不知道怎麼做啊！沒有學識、沒有資訊、沒有榜樣，你讓他們以什麼條件走到那個地步？

他們不愛你嗎？愛的。不愛的話，他們把你養大幹嘛？大可以把你墮胎，或是生下來也可以丟到大街上不聞不問。

你要讓這樣走過來的父母達到模範父母的標準，未免要求太高了。

而且，放下了怨恨，便也放生了自己。

讓我一直忘不了的是，在我們剛認識的時候，有一次我們在你家鄉吵了起來。我怒不可抑，拿起行李就走去巴士站走，打算自己坐巴士回吉隆坡。

我差不多走到巴士站的時候，你母親騎了摩托車來追我，讓我別生氣，說你的脾氣就是這樣倔強，希望我看開一些，別跟你鬧翻。

我那次很感動。她知道我對你很重要，也知道你的脾氣，你的脾氣她

勸不來，便來勸我。

　　這麼一個老人家，其實不知道怎麼接受我們的關係，可是就因為孩子和我在一起快樂，她便放下自己的認知去遷就我們。

　　雖然我和他們的關係還是客客氣氣的，可是我因為他們對你的愛，而感激他們一生。

不一樣的泳客

　　柏林的夏天不長，但很美。它雖然有三個月，可是除了下雨、陰天，可以曬太陽的日子不到兩個月的時間。

　　所以，夏天的太陽一出來，人們便湧到河邊、湖邊作日光浴了。

　　柏林到處都是河流湖泊，卻只有夏天才暖和得可以游泳。在有陽光的夏日，跳到湖水裡，是一件很開心的事情。

　　可是柏林人作日光浴是喜歡裸體的，陽光下，你看到男女老少都脫光了衣服，在公園裡、湖邊、河邊曬太陽。

　　剛開始到柏林的時候不習慣，覺得這裡的人也太過分了，太不講道德，太沒有廉恥了。

　　現在我到柏林，只要遇到夏天，哪一次到湖邊河邊曬太陽不是跟大家一樣不穿衣服的？

　　改變是從什麼時候開始的呢？

　　本來我以為是他們不正常，因而穿著泳褲在這些裸體的人群中走來走去；可是卻發現在他們的眼裡，這個對自己的身體感到那麼羞恥的人，太變態了。

　　原來我才是變態！！！

　　於是我發現，所謂的正常，不過是大多數人都在做的事情。裸曬在亞洲所有國家幾乎都被認為不正常，但在德國是 OK 的。在中國、日本

韓國、台灣的澡堂裡、溫泉裡脫光衣服，那是正常的，但在馬來西亞卻可以被看成是不道德、變態的。

這時我便開始問自己，什麼才是正常的，對的？

原來對錯和正不正常可以因為地點、時間的不同而不同。

同性戀正常嗎？我想，每個國家都有他們自己的答案。至少馬來西亞大多數人覺得是變態的。

可是我和你一起那麼多年，那麼相愛，愛對方比愛自己更多，愛得連性命都可以不要，真的是錯的嗎？倘若說是錯的，他們必須告訴我錯在哪裡。

我和你都是大家眼中的好人，我們善良，我們對其他人都很友善，可以幫忙的我們都一定幫忙，空閒的時候我們會去做社工。就只因為我們的相愛就是變態，那麼，我們做變態算了。

後來，我不再無條件的接受別人的好壞對錯價值觀，我覺得一個不傷害他人的人，就是一個好人、一個應該被尊敬的人，就算對方做事情的方式跟我不一樣，也是 OK 的。

這也是德國人在二戰的時候用鮮血，用無數的生命才學到的一課。可是今天卻還有那麼多人、那麼多國家，那麼多族群，用「非我族類則必須打壓、消滅」，用所謂「正確」的道德標準，繼續執行納粹未竟的工作。

我想，是我、是你、是每一個人捫心自問的時候了：「我是這樣的嗎？」

親愛的，我跟你都是很多人眼裡的「變態」，所以我們明白，所以我們感同身受。

我一定會像你活著的時候一樣，繼續阻止歧視，阻止不公的事情發生。

因為我愛你，而我堅信我們的愛是沒有錯的。

戲言生死

　　不知道從什麼時候開始，我們聊天的話題扯到生死了。我們平時聊的幾乎都是生活上的瑣瑣碎碎。比如，廁所的燈壞了，該換了；昨天那個餐廳吃的咖哩雞比我煮的還差，下次不去那家吃了；你媽媽打電話來說，他們家裡的雞又走失了一隻；你公司的那一個同事又把一張圖畫錯了，惹得上司大發脾氣。

　　我們在散步的時候聊天，吃飯的時候聊天，逛街的時候聊天，連開車的時候都聊天。也不知道為什麼有那麼多的話題，聊了十多年都聊沒完。

　　不聊生死應該是我們文化的忌諱吧。從小父母就不喜歡我們說「死」這個字眼，好像說了就會馬上有人死，連四這個數目字都最好不要提。然而可笑的是，在馬來文化裡，四居然是他們的吉祥數字。所以，路上的車牌你要是看到最後一個數字是四的，幾乎都是馬來人的車子。

　　我們聊生死，應該是始於發現身邊朋友去世的人漸漸多起來。人到了四、五十歲，總是有些朋友會提早離開。出席幾場葬禮後，這便成了一個自然的話題。

　　每次聊生死，你總是有點傷感。每次參加朋友的喪事回來，你又都會一兩天悶悶不樂。

　　我每次看到你這樣悶悶不樂，便拉著你的手說，既然我們都相信生生不息，死亡也不過是下一個生命的開始，所以，不難過的。

我還跟你開玩笑說，你這麼一個好人，下次再回來的時候一定還是一個帥哥，而且比現在還帥。到時，我還是會馬上一眼就認出你。

　　你看著我說：「你必須讓我先死，不可以把我一個人留下來。」

　　我笑著拍拍胸膛說：「一定，一定。你一天不死我都死不了。」

　　可是，我知道生死始終輪不到我們掌控，我只能夠默默的祈禱上天讓你先去，留下的痛，再苦我也扛得住。

吉隆坡

非同志

　　今天和一個朋友吃午餐，是一個認識了超過十五年的朋友。我對他印象深刻，因為，當我在職場工會幫忙的時候，他和我站在一起，為工會會員爭取利益。

　　記得有一天我們開完會，一邊離開工會一邊聊天。他忽然問我是不是同性戀。我說是的，而且在職場上，我的同志身分一直就不是祕密。稍微熟悉些的朋友都知道我是同志，而且很多朋友也知道我們住在一起十多年了。

　　這個朋友說，這是他對我最不能夠接受的地方，他覺得同性戀是毫無疑問的錯。

　　我笑笑說，不要緊的，他覺得同志是錯的，那麼我們就只聊公事。假如有一天他覺得同志沒有問題，那麼我們還是可以做朋友。

　　經過了那麼多年，他應該是接觸同志資訊多了，也漸漸認同了我的同志身分，我們便偶爾會吃吃飯，聊聊天，而且無所不談。

　　他有時候還會請我到他家去吃飯，而且有幾次想把你也請去，可是你都在忙工作。

　　從這個朋友身上，我看到了很多非同志對同志態度上的改變。

　　起先他們不接受是可以理解的，因為我們的社會對同志的態度是很負面的。而這負面的資訊，每天都排山倒海似的灌輸到人們的腦子裡。

要說非同志，連同志都不認同自己，覺得自己是卑微的、可恥的。

要一個人在這麼排斥同志的社會裡去接受同志，是非常困難的。這個人必須超越不經思考就接受資訊的習慣，這對多數人來說都是困難的，因為大家都習慣了接受外在的資訊而不加質疑，資訊給什麼，我們便拿什麼。

況且，對非同志來說，同性戀似乎跟他們一點關係都沒有，便不會花時間精力去理解。

假如我也是非同志，我想我應該也跟他們一樣，覺得同性戀是變態的、下流無恥的，因為在正規資訊裡，是看不到同性戀的。

所以，我認為同志應該多把自己攤在陽光下，讓非同志能夠知道自己接觸的是一個同志。這個同志跟他一樣，有喜怒哀樂、有七情六欲、也渴望愛情、也喜歡為他人奉獻。

特別是，當一個同志比他更有愛心、更善良、更能體諒他人的痛苦。當他看到一個和他僵化印象中不同的同志形象，也同時提高了他對同志的接受度。我覺得這樣潛移默化的影響，比上街示威遊行強多了。當然，遊行也重要，也是展示自己的一種方式。

只要我們讓對方看到同志跟他們是一樣的，同志對他們是沒有殺傷力的，他們便會自動站到我們這邊。因為，我們是他的朋友。

我們在一起的這些日子裡，站到我們身邊為我們說話的非同志朋友還少嗎？我相信，這樣的非同志會越來越多，而活在陽光下的同志也會越來越輕鬆。

這樣的生命幸福嗎？

在同志圈裡看了各種各樣面對自己身分的方式，最讓我替他們難過的，就是跟異性結婚。

我想，這個狀況不只是在亞洲，在全世界都一樣，不同的只是結婚的壓力大小罷了。

去理解為什麼他們走到這一步，你便能諒解他們。我不是說同志跟異性結婚是對還是錯，我是說，他們也是走投無路了才這樣做。

他們怎麼會不知道，走入一段不是自己要的婚姻、一段必須無時無刻掩蓋真我的關係，有多麼痛苦，而且是一生的不豐盛。一個不誠實的生命，怎麼可能豐盛得起來？

可是不是每個人都有勇氣用自己的真我面對社會，因為以真我面對社會的代價，是被打壓、受排斥，還可能面臨肢體暴力。而且，仔細看看我們的社會，別說同志，又有多少人願意直接面對人生呢？

連你這樣一個善良的人，在剛跟我交往的時候，也是打算未來要跟異性結婚的。可想而知這樣的社會的壓力有多大。

其實我認識很多結婚的同志，也理解他們。我是一九六〇年代出生的人，你可以想像那個年代有多保守、封閉。一個人不結婚，不管是男是女，都可以不用活下去了，因為社會會用各種手段讓你屈服。

我印象比較深刻的是兩個同校教書的老師，我很早就知道他們的同志

身分。他們到了三十五、三十六歲的時候，忽然同時各自結婚，還真讓我嚇了一跳。每次再遇到的時候，看著他們憔悴的面容，想著他們遮掩的人生，連我都能感受到他們的痛。

可是這樣的同志在我那個年代太多了。我想，要不是我離開了這個小鎮，我還不是也和他們一樣，去結婚生子了。

其實，痛的還不只個人自己，他們的配偶不也是一樣痛嗎？很多同志在打算結婚的時候，都相信自己可以掩飾得很好，配偶是不會知道的。可是我跟他們說，一個每天跟你同床共枕的人，對你的身體反應怎麼可能沒有感覺？我還沒有見過處於這種婚姻下，卻不知道、不懷疑的配偶，對方只是因為種種考量，不說破，或假裝不知道。

還有另一個需要面對的是孩子。我們總是在教導孩子做人必須誠實，可是自己卻是一個沒有辦法誠實的人，情何以堪啊！

同志當然都不想走到這一步，所以就有了「形式婚姻」的出現，這在中國大陸比較多見。形式婚姻是從網路上流行起來的，男同志跟女同志聯繫上了，因為家庭與社會壓力，所以一起操辦婚事，聯合起來做一場戲給家人、親戚看。

我一直不認同同志與異性結婚，可是結婚的情形還是時常出現，我所認識的就不少。那種裡外不是人的感受，我看不出怎麼可能活出一個燦爛的人生。

這在我那個年代特別多。比較熟的是一個中學男校長，很年輕就跟同一所學校的一位女教師結婚。認識他那麼久，沒有見過他真正的、發自內心的笑過。跟我們來往也是閃閃縮縮的，人多一些就全身繃緊，好像見不得人一樣。所以很多同志都排斥他，覺得跟這樣的人交朋友很沒有

意思。

可是我從來不拒絕他尋求友誼的手。我不是可憐他的孤獨，我是理解他走到這一步的歷史條件。那個年代，這樣的社會地位，那麼大的壓力，我理解他這樣做的苦衷。他想嗎？我不認為他想這樣過日子。從他每次看我們的羨慕眼神，我就知道他的日子有多難過。

他時常歎著氣說，他的一生就只能夠這樣，沒有自己的過下去。我每次在他說這句話的時候，只能夠給他一個微笑，因為我理解這個年紀再叫他做一些很大的改變，比如離婚、出櫃等等，都困阻重重。而且，他那麼多次跟我們聚會，早已多次聽我們聊起，結了婚的同志離婚，或者跟家人出櫃的故事，他也認識這樣的朋友。所以，我就不需要再多說了。每個人的生命都由自己做主，別人說不來的。

還記得很多年前，我帶你去參加一個男同志的異性婚禮嗎？我不知道他為什麼要請我們，因為一群同志出現在婚宴場合是很尷尬的。他的新婚太太特別避開我們這一桌，沒有來敬酒。

結果才過了一年，就有朋友在同志三溫暖見到他在鬼混。雖然其他的同志都不再跟他來往，覺得他在害己害人，覺得他是騎牆派，可是我沒有歧視他，因為我理解他背後不能夠做一個誠實的人的痛苦。我們偶爾還會見見面聊天，可是我再也沒有見他真正開懷的笑過。他表面風光，內裡除了痛苦，什麼都沒有。

我們不會為別人的眼光走上這條不歸路。儘管我們是非主流的同志伴侶，我們一樣活得燦爛，豐盛，快樂。

這樣的一生，就很足夠了。

死亡所開啟的大門

你離開之後，我陷入悲傷，甚至以為自己再也走不下去了。

要經過一段不短的日子，才發現原來你替我開啟了一道人類千古以來都在尋找的門：我是誰？我為什麼是我？我的意義何在？

當然，你只開啟了門，路還是需要我自己走。我也相信這條道路是沒有盡頭的。因為人類的知識那麼少，如何去解答那麼大的問題，這就好像中國人說的「夏蟲不可以語冰」。只是在這個問題上，人類才是夏蟲。這就像你告訴半個世紀前的人什麼是手機，他們一定以為你在說他們常常吃的手扒雞。

又好比你跟一個一生都待在沙漠上的人說海，他是不會明白你在說什麼的。我雖然在馬來半島長大，一個三面環海的地方，可是我一直住在山區，也沒有海的觀念。家附近有一條大約三米寬的小溪，我就覺得這條溪流太了不起了。你就可以想像，我十三歲時第一次看到海的震撼感。我還一頭栽到海裡喝水，我以為海水像河水一樣是可以喝的。

所以，以我那麼少的知識，是解答不了這個問題的。可是，當你離開的時候，我便自然而然的走到這個問題上。

我一直以為我和你就是世界，等你離開了，我發現不是。你不在了，還是同一個世界，我還是同一個我。身體上，我什麼也沒有少，可是心理上，我已經不是原來的我了。那麼，我現在是誰？我本來是誰？

我也一直以為我生命的意義就是你。現在發現答案也不是。那麼，我的意義何在？

我除了是大潘，我還可以是其他的人嗎？除了我的過去、我的經歷、我所接受的教育、我所處的社會環境，還有其他更多於這些的因素，造成今天的我嗎？

你離開的時候，把那個我認知了五十一年的我完全敲碎，撒落一地。我連從哪一塊先撿起來都不知道。

可以肯定的是，重新撿起來的我，不可能再是原來的我了。

在你離開之前，我也花很多時間在探討這些問題，盡可能參考宗教和哲學在這方面的理論。可是你在的日子我那麼快樂，哪裡會把重心放在這上面。要等到你走了，這些問題才變成我生命的全部。

我之所以脫離宗教去探討這個問題，原因是，宗教在幾千年的發展過程中，有太多不同的人為了自己的利益，不斷在原來的認知上增增減減、修修改改。以至於到了今天，同一個宗教、同一個教派，對同一個話題有不同的觀點。

我想，讓我用自己的感覺、自己的經驗、自己的觀點去探討吧。不去思考就進入一個宗教或哲學體系，是一種很方便的方式，既不須煩惱，也不花時間。相信就可以了。相信了，一切便得以解答。

可是這不是我。我知道我這條路不好走，因為踏上這樣路的人很少，會很寂寞（其實，我第一個需要面對的就是寂寞，完完全全的，沒有朋友、親人、愛人，沒有人認同的寂寞）。

可是，我願意踏上你為我開啟的這道門。

親愛的。

你弟弟的離開

你弟弟還是去世了。從確診鼻癌到離開也不過兩年,好像眨個眼就過去了。

你弟弟是在日本打工的時候確診出鼻癌晚期。他沒有告訴你們,因為他在日本都十多年了,知道這次回來了就再也回不了日本。還是他一個朋友通知了你們,你才給他打了電話讓他回來,因為這裡還有人照顧他。

他最後還是決定:回來。

我知道他回來的話,就一定會住我們家。我很享受二人世界,也知道多一個人處處不便,加上你是那麼關懷弟弟的哥哥,一定什麼都把他放第一位,我就必須遷就他了。可是我知道我必須接受他住在我們家,就因為我愛你,不想你為難。

他來之前我就把客房收拾好,希望他可以住得舒舒服服。

他來了之後對我還滿客氣的,我也盡量讓他覺得像在自己家一樣。他跟你相近,不太愛說話,喜歡躲在房間裡。

第一次看病是你帶他去的,你介紹了整個療程讓他知道,也讓他知道治療的時候會很辛苦。

之後每次看病都是我陪他去。他當然很不喜歡化療,因為化療的殺傷力很大,不單把壞的細胞殺死,連好的細胞也一起消滅掉。

之前你的鼻癌是初期,只需要電療就可以,可是你做電療的副作用就

很大了。所以，你弟弟這次化療的辛苦可想而知。

你弟弟在化療期間情緒很差，可是對我還算有禮貌。心情不好的時候，最多也只是不說話，並不會對我發脾氣。

我們除了帶他去醫院接受化療，還必須照顧他的飲食，盡量以素食為主。每個星期天，你都帶他去公園練氣功，同時也讓他認識其他的癌症病人。可是你弟弟還真孤僻，很少跟其他同學打招呼。平時在家他就繞著我們的住宅區練氣功，然後在游泳池旁邊休息、吃早餐。那個時候我比較空閒，可以照顧你弟弟。其實說照顧也是不太需要，他行動都還很方便，有時候還會去找找朋友。

你弟弟做完化療之後，在我們家待了好幾個月，情況穩定下來，心情也開朗多了，便決定回去家鄉和你爸媽一起住。

沒有想到這居然是個錯誤的決定。他回家沒有多久，可能不習慣那個小城市，加上沒有朋友，可以去的地方也不多，就鬱悶了起來，也很快就跟你媽槓上了。結果兩個人鬧得很僵，你弟弟的倔脾氣一發不可收拾，說這樣下去不如死了算了。也真的自暴自棄，拚命抽菸，睡眠時間不定，時常亂發脾氣。

你那個時候工作很忙，完全蒙在鼓裡，等你知道的時候，你弟弟連行動都有困難了。

我們馬上開車回江沙把你弟弟載回來吉隆坡做治療。去江沙的路上，你傷心得流淚，一直責怪自己為什麼沒有多花心思在你弟弟的身上……我看了很心疼，也只能夠勸你看開一些，因為不是你的錯。

接你弟弟回來吉隆坡後，我們馬上送他到醫院。醫生的看法是不會拖太久，治療上也只能做化療。

所以你弟弟又再經歷一次化療療程，再忍受一次化療的痛苦，結果整個療程還沒有做完就走了。

　　看著你不斷的哭，我只能夠抱著你，不斷的安慰你，跟你說不要傷心，比起很多癌症病人，他算沒有太多痛苦了。至少他知道陪他走最後一段路的是很疼他的哥哥，我想，這對他就是一種幸福了。

　　那一夜，你睡覺的時候把我的手握得特別緊，好像失去了弟弟，害怕把我也弄丟了。

　　不怕，親愛的，我哪裡都不去，就這樣在你身邊守著你一生一世。

日本之旅

　　你弟弟去世之後很長一段時間你都很不開心。你一直在責怪自己，覺得要不是你少做了什麼，他就不會離開。

　　要不是你忙得沒有時間關心他，要不是你沒有勸勸你母親不要和他吵架，如果你能夠多回家鄉看看他，你就可以早點知道他們鬧得很僵，他就不會那麼早過世。這些「要不是……」和「如果……」讓你悶悶不樂了好一段日子。我只能夠陪在你身邊，勸你不要把所有的過錯都攬在自己身上。每個人生命都有自己的路要走，很難說誰欠了誰的。

　　可是你還是覺得虧欠了他，所以決定到日本一趟，把你弟弟的骨灰帶過去，撒在這片你弟弟生活了十多年的土地上。你弟弟在日本打工其實是很開心的，因為他很喜歡這個地方。要不是癌症，他也沒有想過要回來馬來西亞。你相信你弟弟會希望你把自己的骨灰帶去日本。

　　你從來沒有去過日本，我卻因為工作的關係，偶爾要到日本去。所以，安排日本行程就變成了我的工作。我當然希望除了完成你把弟弟骨灰帶去日本的心願，也希望你可以從繁忙的工作中偷閒放鬆自己。

　　我用幾天的時間就把簽證、行程、機票等等繁瑣的事情搞定，你也很困難的從公司繁忙的工作中抽出十天的假期。

　　飛日本那天，你心裡五味雜陳，既快樂，也難過。開心是因為總算可以好好放個假，可以和心愛的人一起去旅行。

難過的是，你必須把你弟弟的骨灰送去日本，多傷感啊。

日本對我來説還算是熟悉的。從美國畢業後，一直在日本公司工作，身邊都是日本同事、朋友。那個時候年輕，有一次自己一個人騎自行車，從東京騎到北海道的札幌，一千五百公里，騎了一個月。

跟你一起來日本，我便給你講了很多日本的故事、文化、歷史。你總是很有興趣的聽著，還問了很多問題。你本來對日本印象不太好，也許跟小時候聽父母説起二戰的故事有關。可是我在日本民間接觸到的日本人不是這樣可怕的，他們就像我們見過的其他民族一樣，好心腸、有禮貌、友善。

到了日本，你特別喜歡日本的乾淨。有一天早上我們坐在一間露天咖啡廳吃早餐，居然看到咖啡廳旁邊的住宅走出一個拿著刷子和水桶的老阿嬤，蹲在地上在刷人行道上的汙跡。在馬來西亞，誰管房子外面到底乾不乾淨？

我們都不太喜歡東京，因為東京就好像世界上大多數的大城市一樣，冷酷、不友善、繁忙。什麼樂園啦，購物中心啦，我們都沒有去。

可是你很喜歡東京以外的地方。你喜歡在京都的河邊、巷子、廟宇裡閒逛，在箱根的樹林裡散步，在伊東海邊看海。

你最喜歡在我們伊東酒店裡的溫泉泡湯了。小小的，很乾淨的溫泉裡，就只有我們兩個人，然後在海邊的海鮮餐廳，吃了一頓很新鮮的壽司餐。

你把你弟弟的骨灰撒在我們到過的每一個地方。我看著你喃喃自語的在跟你弟弟説話，很感動，覺得自己能夠在這一生中認識你，跟這麼善良的你在一起，是我莫大的幸福。

生命的意義

你離開之後，我很認真思考的其中一個問題就是：生命的意義何在？它對我的意義是不是有別於其他人？

你在的時候，我們偶爾也會聊關於生命的意義這個話題，可是都不會很嚴肅。因為我們都知道這個話題太大了，大得令你我都應付不來。

而且我那個時候還真的就把你當成我的意義、我的世界。世界轉還是不轉，好像跟我沒有什麼關係了。

這幾年再去面對這個話題，就變得認真多了。

由於我不是任何一個宗教的信徒，我在面對這個問題的時候加倍辛苦。畢竟只要相信一個宗教，便可以簡單地接受它的一切觀念，包括對生命的看法。

可是我不是，所以我便需要一切重新開始。要重新開始也還需要知道：從哪裡開始。所以我還是回到哲學和宗教的學說，參考古典的、現代的各種觀點。

迷糊嗎？剛開始是很迷糊的，那麼多學說，每一個都在告訴你可能相同也可能迥異的看法。而且幾乎每一個又那麼肯定自己的是真理，只是，當幾個很自我肯定的「真理」互相矛盾的時候，我站哪一邊都可能是錯誤的。

我還真迷糊啊。

後來我發現，不管我相信還是不相信任何一種理論，當我離開這個世界的時候，真理便出現了，因為我那個時候就在面對死亡之後的世界，那麼死亡之後的真理就在面前了。

那麼我當下的意義呢？生命要是沒有意義，或者不知道自己的意義，不是很可悲嗎？

在這麼多年的現代哲學體驗裡，特別是西方哲學，我最能夠接受的居然是：「生命本來就沒有意義。」

生命本來就沒有意義？怎麼可能？沒有意義的話，那麼生和死有什麼分別？

所以，我剛剛接觸這個論述的時候，我震撼得當下就崩潰。

這個論述接下來的看法也一樣震撼：就因為生命沒有既定的意義或目標，你便可以在這什麼都沒有的白布上，天馬行空的塗上任何你喜歡的顏色。

哇，好震撼。就因為生命沒有意義，我便可以為自己生命定下任何的意義。

我可以把學習作為我一生的意義，或是把煮好吃的菜作為我的生命意義，或是當一個很棒的農夫，或是當一個作家，或是什麼都不做，或是什麼都做。

我可以把生命塗得五顏六色，我可以隨心所欲，我可以天馬行空，我可以就只真實的做自己，簡簡單單的自己。

仔細看看我們身邊的人，不管他們在做什麼，不管他們覺得自己生命的意義是什麼，從哪裡來，其實還不都是他們自己在決定？

生命的意義就是沒有意義。你相信便是了。

我相信。

所以，沒有你的日子，我必也可以再創造一個意義。

親愛的。

你老是那麼忙

自從你重新上班，你就好像越來越忙。開始的時候，週末你都會休息，我們可以一起去做一些我們喜歡的事情。比如去逛逛街，去公園散散步，陪你去打氣功，在餐廳用個餐，或是什麼都不做，就躺在大廳的沙發上。

那個時候，我們回你家鄉的次數比較多。我們往往是在你下班之後就開車回江沙，車程不長，三個小時就到。然後住兩個晚上，星期天開車回家，天黑前就回到吉隆坡。每次回家鄉你都有充電的感覺，也許是離開繁忙的工作，讓你輕鬆自在吧。所以，我還是喜歡跟你一起回江沙。

可是當石油的價格在世界市場不斷飆升的時候，公司開始多接工程，你的工作量就增加了。加上你們這個行業請人不容易，因為培養一個有經驗的石油工程師需要很長時間。

你慢慢的必須天天加班，回來的時間也越來越遲。週末原來是休息的，可是你都在工作。我們沒有太多機會去散步、在外面用餐、逛街、到公園去了，連週末一起吃個早餐的時間，有時候都沒有了。

我其實是滿心疼你這樣辛苦的。我時常說，我們需要的錢不多，你不需要那麼拚的。而且公司也不是你的，那麼拚幹嘛？

可是我知道你不是為了錢，你是一個很盡責的人，不管什麼事情交到你的手裡，你都必須把它做得很完美才放手。你覺得工作必須做完才能離開，這樣才是對公司，對自己負責。

可是你身體一向就不是很好，還有鼻癌的病史。真的不能夠慢下來嗎？我知道盡責是很好的，可是也要好好照顧自己的身體。累壞了，最後受苦的還不是自己？

可是你是一個固執的人（偏偏我也喜歡你固執時的樣子），只要你覺得是對的事情，你就不會放手，一直到把事情做好了為止。

而且我感覺你喜歡這份工作。你在公司裡還算一個人物，手下有一群工程師要聽你的，加上你真的把工作做得很好，公司也很器重你。

我唯一可以做的就是煮你喜歡吃的菜，替你把你工作以外的事情，比如上銀行、去政府部門、買彩票、付家裡所有的帳單等等，都一一搞定。我只能夠做這些瑣瑣碎碎的事情以減輕你的壓力。

答應我，好好照顧自己，別讓我擔心好嗎？

住院

　　你這一個月以來身體好像都不太好，老是容易發燒。

　　我知道你工作壓力很大，我也勸了你好多次，讓你把工作放輕鬆點。我們不是時常說：「長命功夫長命做」嗎？不管你多麼努力把手上的工作做完，總有更多的工作等在前面，你永遠都做不完的。

　　可是你要求完美的性格卻讓你老是放不下，必須把工作做完、做好你才肯放手。

　　最近的工作好像特別不順利，每天你回來的時候，都會抱怨哪一個同事又出錯了，哪一個項目又搞砸了。

　　工作上的事情我真不知道怎麼幫忙，只能夠替你安排生活，以及帶你去看醫生。

　　你第一次去看醫生也吃了藥，燒沒有完全退。你換了醫生，吃新的藥，還是斷斷續續的燒。你便去看了專科，他們替你作了很多檢查，都說沒有問題，別那麼操勞，多一些休息就好。

　　可是你跟醫生說你放不下你的工作，必須去上班，醫生便給你開了一些退燒藥。

　　你這樣斷斷續續的看不同的醫生，吃了各種不同的藥，都一個月了，卻沒有真正的好起來。

　　每次看到你發燒了還去上班，心裡很難受。我知道我沒有辦法改變你

的想法，只能夠順著你的意。

　　春節到了，我很替你高興，因為你總算可以放鬆自己，回家鄉好好過一個年。今年我沒有跟你一起回去，因為工作需要我到泰國一趟。你其實是希望我跟你一起回去的，可是我跟你說，前面還有那麼多的春節等我跟你一起過，不急。而且你回到家鄉還不是都在忙家鄉的事情，你們一家人總是一起聊得開開心心，而我總是插不上嘴。

　　你回家鄉的那天，也是我飛泰國的同一天。雖然我們分隔兩地，可是我們每天都在電話裡聊聊。大出我意料之外，你這次春節過得很不快樂，家裡因為一些小事鬧得很不開心，你又跟你母親槓上了。也許是因為你還在發燒，你的脾氣就更差了。也許因為你弟弟剛剛在十個月前去世，這個沒有弟弟的春節，大家心情都不是很好，所以就容易衝突。

　　我在電話裡對你說：「別跟老人家較勁吧，他們都年紀那麼大了，大家能夠在一起的日子都不多了，好好珍惜吧。不過要是真的受不了，就早一些回吉隆坡。你身體要緊。我盡早辦完事情就回來。」

　　你還真的提早回來，等我回到吉隆坡的時候，你已經自己一個人在家兩天了。見到你，我很喜悅，你看起來瘦了，可是笑容還是那麼甜。

　　我回來第二天你就開始上班了。

　　你才上班幾天，今天早上，我剛剛醒來，想把我從泰國帶回的行李整理好，你就從公司來電話說醫院讓你馬上住院，因為在你肺部發現黴菌，而且是有危險性的。你要我替你收拾住院的行李。

　　等你到家的時候，行李已經收拾好了。我開車送你進醫院，在車上你說有點擔心病情，你問我要是好不了怎麼辦。

　　我說，沒有問題的啦，別老是杞人憂天，你連癌症都能夠跨過去，這

樣一點點的發燒算什麼。而且有我在身邊，我會一直陪伴你的。

　你聽我這樣說就開始有笑容了。

　親愛的，不怕。我陪你一生一世，直到海枯石爛。

世界微塵

　　記得我們都喜歡看星星嗎？我們在吉隆坡住的房子看不到星星，因為光害太嚴重了。

　　可是我們到海邊、山裡的時候，還是看得到。

　　看著夜空裡閃閃發亮的星星，特別是沒有雲的夜晚，整個宇宙就呈現在我們的眼前。

　　其實也不是整個宇宙，只是我們所在的銀河系的一個小角落。可是這麼一個小角落的星空，就夠讓我們感覺震撼了。因為每一個星星就是一個太陽，而每一個太陽都有很多個行星繞著它轉。

　　我們所住的銀河系有超過一千億個太陽，也就是有一千億個太陽系。

　　一千億個太陽！

　　一千億個太陽！

　　我們都沒有概念一千億有多大。就以美國一九七七年發射的探索衛星 Voyager 1（旅行者一號）來看吧，它要經過三十六年後才第一次飛離太陽系，然後把這個概念乘以一千億倍。

　　宇宙有多少個銀河系？很多天文學家把這個數字定在一千億上下。

　　又是一個一千億！

　　看清楚，不是一千億加一千億，是一千億乘以一千億。

　　然後，我們看到一些人覺得自己很偉大，以為自己多麼的了不起，認

為自己會萬古長存。

然後，有一些人覺得自己的痛苦多麼巨大（這些人也包括了我），痛得比宇宙還大。

然後，也有太多人覺得他就是宇宙的中心，宇宙就必須繞著他轉。

真相是，地球在這個宇宙中都渺小得可有可無，所以，別把自己看得太重要，我們的存在是可有可無的。就連我們所在的太陽系不存在，對銀河系都好像沒有事情發生過一樣呢。

那麼渺小，很灰心嗎？很頹喪嗎？

也不用這樣想。

想想，就因為我們那麼無關緊要，不管我們是生是死，也都無關緊要，所以，我便可以在我生命的長河中，隨心所欲畫上千種顏色，萬般色彩，讓自己一生燦爛，一生精采，一生豐盛。

所以，親愛的，你在的時候我們燦爛，你不在了，我也必定精采。

往光明走去

在柏林的這些日子，除了感覺舒服，我也在思考人類會往哪個方向走。

你對人類將來的看法一向是灰色的，你總是不想聊這個話題，因為你看不到人類怎麼走出當下的困境。

不單是你，很多朋友，特別是搞藝術的朋友，好像對人性都帶著很灰色的看法。覺得人類的歷史，就是一篇連綿不斷的戰爭故事。報章電視看到的都是人性負面的新聞，殺人、搶劫、騙人、拐帶、綁架……，好像除了這些新聞就沒有其他的了。

電影又都是大壞蛋殘不仁地殘害善良的人，雖然善良的人總是在「機緣巧合」之下「幸運」的打敗了壞人，可是，必須都是「機緣巧合」、「幸運」的，也就表示壞人平時都是勝利的。

時下最風靡年輕人的電子遊戲世界裡，百分之九十九都離不開暴力。

這樣的世界，人類還會有什麼希望？

我們撥開這些大部分都是低能的電視、電影，撥開為了賣錢而必須渲染暴力故事的新聞媒體，撥開那鋪天蓋地的弱智資訊，我們就從人類歷史去看人類的將來。

人類的歷史不長，形成有規模的社會也不過幾千年的歷史，在地球上不過是微不足道的一刹那。

可是我們只要冷靜的去看人類歷史的發展，我們看到的是從神權到人

權，從獨裁走向民主，從父權社會走向兩性平等，從一元社會走向多元社會，從多數為主走向尊重少數，從武力政治到文人治國。這幾乎是所有國家、民族、社會的發展大方向，也看不到有任何逆轉的可能性。

今天的個人，絕對比人類任何一個時代都享有更多的自由民主。

人類也像所有其他物種一樣，解決了溫飽之後，天性就是讓這個物種更好的繁衍下去。繁衍不只是繁殖，更包含知識的傳達，物種品質的改良，生存條件的改善。在這樣的天性下，是很難讓一個物種在沒有天災之下滅亡的。人類總在不斷的改善環境、改善自我。就算在前進的路上繞了路，人類也總在這些錯誤上，學習不犯同樣的錯誤。第二次世界大戰就是一個很好的例子，美蘇冷戰也是。開始工業發展時的污染，面對人口過剩等等問題，人類都一一走過去，也學習到什麼錯誤不可以再犯。

是的，我們看到人類還是貪婪的、自私的、無知的。可是，給人類一些時間吧，就好像我們也給自己時間在生命中改善自己，從錯誤中學習。去體諒人類一步一步來的重要性，不灰心、不生氣，就好像我們不放棄自己一樣。盲人摸石過河，你總得給他一些時間吧。

讓人類慢慢一步一步來，就好像我們也慢慢一步一步來。

人類一直在自我改善，從來沒有間斷過。目前也看不到有倒退的跡象。

所以，我相信人類總是往前走的。

生命何以燦爛

明天就離開柏林了。

夏天將盡，窗外那排橡樹結了滿滿一樹的果實。我每次進門前，都喜歡摸摸樹幹，感覺橡樹的生命力。公園裡也到處是吃草的兔子，有的還跑到我身邊，不再害怕了。人們都乘著夏末的餘輝，在公園裡曬太陽，在樹林裡散步，在湖裡游泳，在陽光下騎自行車。

每次在湖邊或樹林裡散步，都感覺一股平和，喜悅感。這股幸福感來自什麼呢？我想，不來自柏林這個地方，不因為柏林的生活環境優越，因為柏林也有很多感覺不幸福的人啊。

我想，漸漸接受你的不在，是一個很主要的原因。接受你離開了，我這一生都不能夠再和你一起生活，我們再不會柴米油鹽醬醋茶的過日子。接受了，還覺得這本來就沒有什麼好壞之分，只是自然的一部分。而且，生生不息，總有再見的日子，何悲之有？

接受你的離開，也讓我更深入的體會，生命可以不管發生什麼事情，都一樣燦爛。

生命本身就是燦爛的。

每天早上起床，可以感覺自己的存在很燦爛，看見五顏六色的世界很燦爛，聽到鳥聲、人聲、車聲很燦爛，嗅到空氣中各種喜歡的、不喜歡的味道很燦爛，感覺到室內室外的溫度很燦爛。我可以躺在床上什麼都

不做，能夠這樣感覺這個世界就很燦爛。我不會等到自己失去了這些感官才可惜，我當下就盡量享受這些感官的燦爛。

離開了住所，走入人群、走入社會，感覺整個世界在跳動。我一有時間就把自己抽離人群，把自己當一個局外人般的觀察這個世界，看看人們匆忙的走路，聊別人的八卦，為了幾分錢的價格爭得頭崩額裂，為了丁點小事而精神失控。只要一抽離，我就覺得一切都沒有問題，一切都美好，因為事事各司其位。

翻開報章，打開電視，無時無刻不在盡顯人類世界的醜惡。仇恨、欺騙、互相殺害，無時無刻不在進行。我告訴自己，不要掉入這些情緒裡，就算全世界都是這樣，可是我不仇恨，我不欺騙，我不殺害。我知道，只要掉入這個洞裡，我一生痛苦，一生滿懷恨意，燦爛便遙不可及。

我盡量在我範圍裡化解這些不豐盛的情緒，阻止仇恨、阻止欺騙、阻止殺害。可是我也不為阻止而喪失我心裡的平靜，因為我知道，只要喪失了這份平靜，我和一些製造傷痛的人沒有兩樣，我便燦爛不起來了。

這些仇恨、欺騙、殺害是人類必經之路，也就只有走過了，人類才慢慢累積經驗教訓，走到更平和的地步。

我常常對自己說，人類真正開始累積經驗教訓也不過幾千年的歷史，需要學習的還多得很，不急，慢慢來，一步一步來。

而且，人類過去幾千年的歷史證明，人類是往更平和的道路走去。也許人類社會還會發生很殘酷的事情，可是，就好像河流，總是有時候會碰到巨石擋道，遇到瀑布、遇到風風雨雨。可是，無論如何，最終還是會回到大海去的。做為人類河流的一顆水珠，我順水而下，而往下的過程中，我盡量享受兩邊的景色，不管是巨石，不管是瀑布，不管是風雨。

而且宇宙那麼大，我只是宇宙中的一顆塵埃。宇宙賜予人類無限燦爛的大自然，那個光、那個色，那個風花雪月。宇宙從來沒有不仁慈，是人類覺得如此而已。

　　生命本身就是宇宙賜與人類的禮物，我願好好的享受這賜與，讓自己的一生在這燦爛中度過，直到回歸大海。

　　回到大海，便是你我再見的一刻。

放手，相牽

現在人在大理，就住在蒼山腳下。我房間的窗對著蒼山，這個時候蒼山都是雲霧，因為雨季到了。假如我走上天台，整個洱海就在我面前。

你離開已經四年三個月又五天，我最近在檢查我的情緒，發現好長一段時間沒有情緒低落過了。心情一直比較平和，有那麼一絲絲的喜悅。特別是在天台看日出日落，看晚霞雲彩，看蒼山洱海，看星星月亮的時候，會特別感激，感激自己擁有那麼多，上天那麼厚待自己。

上一次回馬來西亞，常有朋友問我，他離開那麼久了，你是不是應該再找一個伴了？我總是搖頭。朋友便以為我還是放不下你，便教我別再難過了。

我不難過，我也不是放不下，也知道朋友都是好意。只是我必須問自己：「找伴的理由是什麼？」

朋友覺得我這個問題很奇怪。找伴不就是為了不會自己一個人那麼寂寞嗎？不然什麼叫伴？

是啊，大部分人的概念就是：「因為一個人會寂寞。」所以找伴的理由是消除這寂寞感。但是我要問：「愛呢？愛的位置在哪裡？」

我跟你在一起就只因為愛，不為其他。

我不需要另一個人去填補你，因為我不寂寞，而且覺得自己一個人挺舒服的。我有全部的時間去面對自己，去探討生命，去體會自然。讓生

命像河水一樣流淌，一直流到大海，然後再見到你，再次拉你的手。

這一生碰到你是我的幸運，跟你一起成長，你讓我看到自己看不到的死角。雖然只有短短的十七年六個月又兩天，你卻豐盛了我的一生，帶給我從來沒有過的快樂。

我很高興你先離開，因為現在我知道了留下的痛苦，我是怎麼樣都不願意看到你面對這樣的痛。

我還要謝謝你，用你的死亡讓我有機會面對生命更大的空間，看到一個只有死亡的震撼才能看到的空間。

你讓我一生幸福，一生受用不盡。

親愛的，我下一世還要跟你一起。

111封寄不出去的情書

摯愛之逝與人生再探

作者	大潘
美術編輯	海流設計
責任編輯	張雅惠

企畫選書人	賈俊國
總編輯	賈俊國
副總編輯	蘇士尹
資深主編	吳岱珍
編輯	高懿萩
行銷企畫	張莉滎・廖可筠・蕭羽猜

發行人　　何飛鵬

出版　　　布克文化出版事業部
　　　　　台北市中山區民生東路二段 141 號 8 樓
　　　　　電話：(02)2500-7008　傳真：(02)2502-7676
　　　　　Email：sbooker.service@cite.com.tw

發行　　　英屬蓋曼群島商家庭傳媒股份有限公司城邦分公司
　　　　　台北市中山區民生東路二段 141 號 2 樓
　　　　　書虫客服服務專線：(02)2500-7718；2500-7719
　　　　　24 小時傳真專線：(02)2500-1990；2500-1991
　　　　　劃撥帳號：19863813；戶名：書虫股份有限公司
　　　　　讀者服務信箱：service@readingclub.com.tw

香港發行所　城邦（香港）出版集團有限公司
　　　　　香港灣仔駱克道 193 號東超商業中心 1 樓
　　　　　電話：+852-2508-6231　傳真：+852-2578-9337
　　　　　Email：hkcite@biznetvigator.com

馬新發行所　城邦（馬新）出版集團 Cité (M) Sdn. Bhd.
　　　　　41, Jalan Radin Anum, Bandar Baru Sri Petaling,
　　　　　57000 Kuala Lumpur, Malaysia
　　　　　電話：+603- 9057-8822　傳真：+603- 9057-6622
　　　　　Email：cite@cite.com.my

印刷　　　卡樂彩色製版印刷有限公司
初版　　　2017 年（民 106）01 月
售價　　　300 元
ISBN　　　978-986-94281-3-2

城邦讀書花園　布克文化
www.cite.com.tw　www.sbooker.com.tw